小学館文庫

鴨川食堂いつもの

柏井 壽

小学館

目次

鴨川食堂いつもの

第一話　かけ蕎麦

1

阪急電鉄京都本線の烏丸《からすま》駅は地下にある。

地上に出たほうがいいのか。地下鉄に乗り換えるべきか。さんざん迷ったあげく、片岡左京《かたおかさきょう》は地上に出るほうを選んだ。

ダンサーという仕事がら身のこなしは美しい。左京は一段飛びで長い階段を上って

ゆく。

五番出口から上ると、そこは烏丸仏光寺の交差点だった。どんよりと曇った空からは、今にも白いものが落ちてきそうだ。

「すみません。正面通《しょうめん》はどっちに行けばいいですか」

左京はコートの襟を立てて、信号待ちしているビジネスマンに訊《き》いた。

「正面通？〈おひがしさん〉のほうか？」

スタイリッシュなスーツ姿とは、いささか不釣り合いな口調で男は問いかけてきた。

「〈おひがしさん〉というのは東本願寺のことですか？」

「決まっとるがな」

「だったら、そこです。そっちに行きたいんです」

「それやったら地下鉄に乗り。ほんで京都で降りて、地下道通って七条のほうに行ったらええ」

「もう地上に出ちゃったので、歩いて行きたいんですが」

「けっこう歩かんとあかん。にいちゃんみたいな華奢《きゃしゃ》な身体《からだ》やとキツイで」

ビジネスマンは左京をまじまじと見た。

「こう見えて、筋肉はしっかり付いてますから、歩くのは平気なんです」

左京は屈伸してみせた。

「まぁ、さぶい時期やさかい、身体がぬくたまってええかもしれんな。それやったら、この烏丸通を、まーっすぐ南に行き。五条通越えて、四つ目の信号が正面通や。真ん前に〈おひがしさん〉がある」

「ありがとうございます」

当たり前のことなのかもしれないが、京都ではビジネスマンでも、標準語を使わないことに、左京は不思議な感動を覚えていた。

言われたとおりに烏丸通をまっすぐ南に歩き、五条通の角に立った。

つま先立ちをして、鼻歌を歌っていると、すれ違った老婦人が不審そうな眼差《まなざ》しを向けてきた。信号が青になるのを待つ間《の》、ハンバーガーショップから芳《こう》ばしい匂いが漂ってくる。左京はごくりと生唾を呑み込み、腹を鳴らしながらも、じっと我慢した。

言われたとおり、四つ目の信号が正面通だった。京都人がいう〈おひがしさん〉を右手に見て、左に折れた。

「ここかな」

一軒の二階家を前にして、左京の足が止まった。

味もそっけもないモルタル造のしもたや。暖簾《のれん》も看板もなく店らしくない構え。鼻先をかすめる飲食店独特の匂い。聞いていたとおりの店だ。

「こんにちは」

引き戸を少しだけ開けて、左京は顔を覗《のぞ》かせた。

「いらっしゃい」

黒いソムリエエプロンを着けた鴨川《かもがわ》こいしが笑顔を向けた。

「入ってもいいですか」

「どうぞお入りください」

こいしは引き戸を開け放った。

「あなたが鴨川こいしさん？」

「そうですけど」

こいしが怪訝《けげん》な表情を見せた。

「美人探偵さんだと聞いてましたが、予想以上ですね」

左京が赤いダウンジャケットを脱いだ。

「べんちゃら言わんといてください」

こいしが頰を赤く染めた。

「予約してないのですが、何か食べさせていただけますか」

左京が腹を押さえた。

「おまかせでよろしおしたら、ご用意させていただきますけど」

白衣姿の鴨川流《ながれ》が、左京に顔を向けた。

「それでけっこうです。お願いします」

「苦手なもんとかはおへんか」

「ええ。何もありません」

「しばらく待っとぅくれやっしゃ」

流が厨房《ちゅうぼう》に向かうと、左京はパイプ椅子に腰かけた。

「捜しもんがあるんですか？」

スマートフォンを操作する左京の前のテーブルを、こいしが丁寧に拭いている。

「え？」

左京が顔を上げた。

「〈食捜します〉の広告を見て来はったんでしょ」

「ええ。そうなんです。『料理春秋』の大道寺《だいどうじ》さんから、こちらの場所を教わって」

左京がスマートフォンのディスプレイをこいしに見せた。

「役者さんなんですか？」

ディスプレイに顔を近づけて、こいしが素っ頓狂な声を上げた。

小さな画面には、真っ赤な全身タイツを着て、大道寺茜《あかね》の隣でにっこり微笑《ほほえ》む左京の写真が映しだされていた。

「正確に言うとダンサーですが」

左京がスマートフォンをテーブルに伏せた。

「前衛とか、そういう感じですか？」

「このときはそんな感じでしたけど、いろんなステージをやりますよ。時代物もやりますし、ホラー系だとか。肉体を使って表現するものなら、なんでも挑戦しています」

「お待たせしましたな」

流が銀盆に載せて料理を運んできた。

「すごいご馳走《ちそう》ですね」

テーブルの上に並べられていく料理を見て、左京が身体を震わせた。

「どないかしはったんですか？」

驚いてこいしが左京の肩に手をおいた。

「武者震いですよ。この素晴らしい料理をこれから食べられるのかと思うと、身体が勝手に震えてくるんです。大丈夫、心配しないでください。よくあることですから」

こいしにそう答えながらも、左京は片ときも料理から目を離さない。

「簡単に説明させてもらいます」

並べおえて、流が左京の傍《そば》に立った。

「お願いします」

左京が背筋を伸ばした。

「さぶい時期ですさかいに、あったかいもんをメインにしてます。左上の淡路焼の小皿は酒粕《さけかす》をまぶして焼いたブリです。黒七味がよう合うと思います。その横の唐津の小鉢に入っているのは鶏肉の玉子とじ。言うたら親子丼の上だけですわ。粉山椒《こなさんしょう》を振ってもろたら美味《おい》しなります。その右のお椀《わん》には焼いた蕪《かぶ》が入ってます。豆豉味噌《トウチみそ》を上に掛けて召し上がってください。その下の信楽《しがらき》は鴨ロースのネギ巻き。溶き辛子がよう合います。その横は口直しの酢のもん、絹もずくと〆鯖《しめさば》を和《あ》えてます。左の伊万里はすっぽんの醤油《しょうゆ》煮です。一番手前の織部《おりべ》は伊勢海老《いせえび》の白味噌煮。ご飯は後でお持ちします」

流の言葉に、ひとつずつ目を移し、うなずいていた左京が大きなため息をついた。

「いやぁ、聞きしに勝る料理ですね。大道寺さんに言われて、期待はしていましたが、まさかここまでとは」

「茜とお知り合いでしたんか」

「ええ。料理とダンスのコラボをするイベントで呼んでもらってからのお付き合いです。もう三年ほどになりますが、仕事だけでなく、よく飲み会にも誘ってもらっています」

指先でリズムをとりながら、左京は相変わらず料理を見つめたままだ。

「何か飲まはりますか？」

こいしが訊いた。

「ワインなんてないですよね？」

「大したもんはおへんけど、国産のテーブルワインやったら」

流が答えた。

「少し冷えた白があれば嬉しいのですが」

「ちょっと待っててくださいや」

銀盆を小脇に挟んで、流が厨房に戻った。

「ワインがお好きなんですか？」

「好きというか、他のお酒が苦手なんです。日本酒や焼酎もダメで、ビールもあまり好きじゃなくて、ワインしか飲めないってとこです」

「オシャレやねぇ。さすがダンサーさんや」

「こんなんでどうですやろ」

流が小走りでワインボトルを持ってきた。

「京都産のワインなんてあるんですか。是非これを」

左京がラベルを見て、首を縦に振った。

「天橋立《あまのはしだて》で作っとる『とよさか』っちゅうワインですわ。京都産の白ぶどうセイベル9110にドイツ系品種のバッカスをちょこっと足しとるようです。柑橘《かんきつ》系の香りが気に入ってます」

抜栓して、流がコルクを左京の鼻先に近づけた。

「ほんとだ。いい香りですね」

「好きなだけ飲んでください。冷えすぎても何ですさかい、ワインクーラーは要《い》らんと思います」

グラスを横に置いて、流がふたたび厨房に入っていき、こいしもそれに続いた。

急にしんと静まり返った店の中で、左京は小さく咳払いしてから、ワインをグラスに注《つ》いだ。殺風景な店と不釣り合いな光景に、ふわりと笑みを浮かべた。

「いいワインだな」

ひと口飲んで、左京はグラスを置いた。

最初に箸をつけたのは伊勢海老だった。幾らか小ぶりではあるが、身はしっかりと太っている。白味噌味と聞いて、くどい甘さを想像したが、柚子《ゆず》の香りも重なって、爽やかな後口だ。煮てあるというより、さっと白味噌と和えただけなのだろう。身の中心は透き通っていて、ほとんど火が入っていない。このひと品を食べただけで、凄《すご》腕《うで》だということが分かる。父親に連れられて何度か足を運んだ祇園《ぎおん》の奥の料亭など比べものにならない。

ブリは照り焼きが一番だと思い込んでいたが、酒粕で味を付けると、複雑な味になって深みが出る。酒粕といってもそこいらに売っている粕ではないはずだ。吟醸酒の香りがブリの身に移っている。

鴨ロースのネギ巻きに辛子を付けすぎてしまい、鼻に抜ける辛さを押さえつつ、ワインで喉を潤す。

半分ほども食べ進んだところへ、流が現れた。

「どないです。お口に合うてますやろか」

「口に合うなんてものじゃないです。自然と踊りだしてしまいそうになるくらい美味しいです」

「よろしおした。ご飯の用意もできてますさかい、いつでも声をかけてください」

「ありがとうございます。もう少しワインをいただいてから」

左京がグラスを高く上げた。

焼いた蕪に豆豉味噌をまぶして口に運ぶ。ワイングラスを傾ける。鶏肉の玉子とじに粉山椒をたっぷり振って口いっぱいに頰ばる。グラスにワインを注ぐ。次第にピッチも上がり、ボトルには少しの白ワインが残るだけとなった。

左京は目を閉じて、三日前のステージを思い出した。自分では完璧だったと思うのに、客席は冷ややかな反応だった。ソロダンスだから誰のせいでもない。構成も演技もすべて自信たっぷりだっただけに、スタンディング・オベーションもなく、あっけない幕切れに、全身の力が抜けた。魂までも抜かれたようだった。

「後のお話もありますんで、そろそろご飯にさせてもらいますわ」

流が小さな土鍋をふたつテーブルに置いた。

「すみません。あまりに美味しい料理なので、つい……」

「今日は蟹《かに》ご飯を炊きました。バターを使うてますさかい、蟹ピラフみたいなもんですけどな」

信楽の土鍋から飯茶碗《めしぢゃわん》にしゃもじで装《よそ》い、左京の前に置いた。

「たしかに洋食っぽい匂いがしますね」

左京が鼻をひくつかせた。

「味噌汁やのうて、スープが合うやろと思いまして」

流がもうひとつの土鍋の蓋を取ると、具だくさんのスープが現れた。

「ミネストローネですね」

「まぁ、そんなようなもんです。今どきのラーメンふうに言うたらダブルスープというとこですな。昆布と煮干しで出汁《だし》を引いて、牛骨で取ったブイヨンを足してます。具は刻み野菜とベーコン。ご飯もスープも鍋ごと置いときますんで、遠慮のう」

「ミネストローネは好物なんですよ」

椀を手にした左京は、スープに口をつけた。

「お食事が終わらはったら、奥へご案内しますわ。お茶、置いときます」

大ぶりの湯呑みを置いて、流が下がっていった。

蟹ピラフをかき込み、スープをすすり、交互にそれを繰り返した左京は、一瞬迷ったあと、両方ともお代わりをした。

和食の後にバタ臭いピラフが合うかどうか、箸を付ける前はいくらか案じていたが、まったくの杞憂《きゆう》に終わった。それはおそらく、このスープのおかげなのだろう。左京はそう思った。味に刺激はないが、香りに刺激がある。それはスパイシーというような、軽い言葉で表現できるものではなく、深遠な、といえば少しおおげさかもしれないが、そんな奥深さを感じさせるスープが、いくらか尖《とが》った味のピラフを丸く包んでいる。

フレンチ好みの自分が、これほどに満ち足りて箸を置くのは、いつ以来だろうか。過去を振り返りながら左京は手を合わせ、湯呑みを手に取った。

「そろそろよろしいかいな」

「ごちそうさまでした。大変美味しくいただきました」

左京が中腰になって、頭を下げた。

「えらい、急《せ》かしてしもて、すんませんなぁ」

「いえいえ。ちょっとゆっくりし過ぎました」

薄《うっす》らと額ににじむ汗をハンカチで拭いながら、左京が立ち上がった。

細長い廊下の突き当たりにある探偵事務所のドアを流がノックすると、こいしの返事が返ってきた。

「どうぞ」

「後は娘にまかせてありますんで」

踵を返して、流が廊下を戻っていく。　部屋に入って左京はロングソファの真ん中に腰かけた。

「お待たせして申し訳ありませんでした」

「お父ちゃんの料理、美味しいでしょ」

「素晴らしい料理を堪能させていただきました」

「早速で申し訳ないんですが、簡単に記入していただけますか」

向かい合って座るこいしが、ローテーブルにバインダーを置いた。

「承知しました」

受け取って左京が、すらすらとペンを走らせる。

「やっぱりダンスしてはる人は違いますねぇ。踊りながら書いてはるみたい」

笑みを浮かべるこいしに、左京が書き終えてバインダーを返した。

「身についてしまっているんでしょうね。歯をみがくときなんか、鏡の前でいつも踊ってますよ」

「片岡左京さん。本名ですか？」

「ええ」

「芸名みたいですね」

「そういう面も無きにしもあらず、でしょうか」

「どういう意味です？」

　こいしが前かがみになった。

「そこにも書きましたが、片岡家は代々能楽師なんです。父の清雪《せいせつ》が八代目になります。わたしも継いでいたら、いつかは清雪になるはずだったんですが」

「お能のおうちやったんですね。継がはらんでもええんですか」

「よくはないでしょうが」

　左京が苦笑いした。

「能もダンスも踊りには違いないんやから、まぁ、似たようなもんなんか」

「それは違います」

　こいしの言葉を左京が即座に否定した。

「どこが違うんです？」

　気圧《けお》されて、こいしは身体を引いた。

「まったく別ものなんです。能は舞う、のですが、ダンスは踊ります。舞うというのは平面的な動きで、踊るのは立体の動きなんです」

「分かったような、分からんような、やけど。それはおいといて、どんな食を捜してはるんです？」

こいしが話を本筋に戻した。

「かけ蕎麦《そば》なんです」

「かけ蕎麦て、素蕎麦みたいなもんですか」

「こちらではそう言うのですか。何も具が入っていない、温かい蕎麦です」

「やっぱり。けど、そんなん、どこで食べても似たような味と違います？」

「わたしもそう思っていたのですが、今振り返ってみると、やっぱり特別な味わいだったなぁと」

「どこでお食べになったんです？」

こいしがペンを構えた。

「神楽坂にある『若宮』という料亭です」

「東京の料亭はお蕎麦も出さはるんですか」

こいしがペンを止めた。

「ふだんは出さないでしょうね。あのときは特別だったと思います」

「もうちょっと、詳しいに聞かせてもらえますか」

　こいしがペンを構えなおした。

「さっきもお話ししましたが、わたしは家を出て、ダンサーという仕事をしておりま す。当然のことながら、父の清雪は家に戻るよう、何度か説得に来ます。稽古場に来 ることもあれば、舞台が始まる前に楽屋までやって来て話しこむこともよくあります。 わたしはダンスを一生の仕事と決めましたので、片岡家に戻る気はありません。来て もらうだけ無駄だと何度も言ったのですが」

「お能とダンスの違いも分からないわたしが言うのも何ですけど、戻って継がはった らええのと違います？　お父さん、可哀《かわい》そうですやん」

「生意気だと思われるでしょうが、昔からの芸能をただ引き継ぐだけのために、わた しの人生を使いたくないんです。世阿弥が大成した能楽なら、わたしでなくて、誰が 演じても同じでしょう。でもダンスは違う。基本的にすべて、わたしの創作ですから。 いつの日かこれが日本の伝統舞踊になるかもしれない。わたしは世阿弥になりたいん です」

　左京が唇をまっすぐに結んだ。

「わたしにはむずかしすぎる話やわ」

こいしが深いため息をついた。

「いつもは、ふた言、み言、言葉を交わすだけで帰っていった父なんですが、そのときは珍しく食事に誘ってきましてね。三年ほど前だったかなぁ。ステージの終わった後でした。二階席に父が居たのは分かっていたのですが、舞台がはねた後に楽屋を訪ねてきてくれましてて」

「それで料亭へ行かはったんですね」

こいしがペンを走らせる。

「能楽師ならともかく、わたしのような貧乏ダンサーには不釣り合いなので、気軽なバルなんかのほうがいいと言ったのですが」

「お父さんには特別な意味があったんと違います？」

「きっとそうだったと思います。出てきたワインも料亭には似合わないようなテーブルワインでしたし、京都のおばんざいのような、簡単な酒のアテみたいな料理ばかりで。父も特に何かを話すわけでもなく、世間話をしておりました」

「父親と息子て話しにくいらしいですね」

「小さいころから、父とは師弟の関係でしたので、ずっと敬語を使っていました」

左京が遠い目をした。

「お父さんに敬語を使わはるんですか。窮屈なことやねぇ」

「それが当たり前だと思って育ってきましたから」

「そのときにかけ蕎麦が出てきたんですね」

「ええ。父もよく飲むほうなので、ふたりで、白と赤の二本を空けた後でした。滅多にわたしのステージのことを言わない父なのですが、そのときは厳しい言葉を浴びせられました」

「うちらみたいな素人には分からへんやろけど、どんなことを？」

「踊りが見えすぎる、なんていう、訳のわからないことを繰り返しましてね。そりゃあ見えるだろう。ステージの真ん中で踊っているのですから」

　左京が苦笑いした。

「見えすぎる、ですか。お能をやってはる人は、言うことが違いますね。高尚すぎて分かりませんわ」

　こいしも追従した。

「言ってることが通じないと、あきらめたのでしょうね。料亭の女将《おかみ》さんの耳元で、父が何かを囁《ささや》いてから、しばらく経《た》って出てきたのが、かけ蕎麦なんです」

「食堂の素うどんとは訳が違うんや」

「出てきたときは驚きましたよ。せっかくの神楽坂の料亭なのに、居酒屋みたいな料理しか出てこず、あげくの果てに出てきたのがかけ蕎麦ですからね。馬鹿にされているのかと思いましたよ」

「けど、それが普通やなかったんや」

「食べているときは、それほどでもなかったんですが、店を出てから、じわじわと効いてきましてね」

「どんな味やったんです?」

「それが、どうにも説明できないんですよ。あんな味だったとか、こういう風味だったとか、まったく比較できるものがなくて。ただ、とても上品な味だったことは間違いないです。これまでに食べたことのない味で。蕎麦そのものは、手打ちっぽくなかったので、きっと乾麺だと思いますが、蕎麦出汁がとにかくすごかったんです。今から思えば、ですけどね」

「ひとつだけ聞いておきたいんですけど、その『若宮』ていう料亭は今もあるんですか」

「すみません。もうないんです」

「やっぱり。あったら、ご自分で捜さはりますもんね」

「どうしても、あのときのかけ蕎麦をもう一度食べたいと思って、神楽坂に行ったのですが、もう店仕舞いしたらしくて」

きまり悪そうに左京が言った。

「お父さんに訊いたら分かるのと違います？」

「どんなに些細《ささい》なことでも、父に頼るのはいやです」

「そう言わはると思うたわ。ほかになんか特徴がありませんの？」

「東京のかけ蕎麦を食べたことあります？」

左京が訊いた。

「いっかいもありません」

こいしがきっぱりと言い切った。

「ですよね。京都みたいな、あんなやさしい出汁じゃなくて、醬油がらいつゆにまみれた蕎麦。それはそれで好きなのですが、あのときのかけ蕎麦は、それとは別ものでした。澄み切った出汁で、高貴という言葉が一番似合うと思います。京都のうどんも時々いただくのですが、それとも違う、不思議な味のお蕎麦でした」

「どんな味なんやろ。食べてみたいなぁ」

「それ以来、いろんなお店で食べてみるのですが、まるで別ものでして」

「もうちょっと何かヒントが欲しいなぁ。何かの味に似てるとか」

「わたしも食べることは大好きなので、あれこれ考えてみるのですが、思い当たるものが何もなくて。強いて言えば塩ラーメンみたいな感じですかね。食べた後、身体が温まりましたし」

「塩味か。単純な料理ほど再現が難しい、てお父ちゃんがよう言うてはります」

「そう言えば……」

左京が宙を見つめた。

「なんです？」

こいしが左京に顔を近づけた。

「さっきいただいたスープと同じような……わけないですね。ミネストローネとかけ蕎麦は全然違いますよね」

左京が微笑むと、書き留めてから、こいしは肩をすくめた。

「最後にひとつお訊きしたいんですけど、なんで今になって、そのかけ蕎麦を捜そうと思わはったんです？」

「それがねぇ、自分でもよく分からないんです。とうに忘れ去っていたのですが、なんだか急に食べたくなりましてね」

「ひょっとして、家を継ごうと思い始めはったとか」

「それはないです。さっきも言いましたが、わたしはダンスを一生の仕事と決めましたので。ただ……」

「ただ？」

「最近になって、ようやく能楽というのはすごいものだと気づいてきたことは確かです。ダンスと能はまったく別ものだと思っていましたが、似たところもたくさんあるんです」

左京が目を輝かせた。

「やっぱり。言うたとおりですやん」

こいしが笑った。

「いや、そうじゃないんです。能とダンスはあくまで別ものです。なんですが、相通じるものがある、というだけで」

「ほんまに頑固なんや」

こいしが笑いを苦くした。

「一度ダンスを観《み》に来てくださいよ」

「かけ蕎麦を捜しだせたら観に行かせてもらいます」

こいしがノートを閉じた。

「よろしくお願いします」

左京が小さく頭を下げた。

「かなりの難問やと思いますけど、お父ちゃんやったら、きっと捜してくれはると思います」

立ち上がって、こいしがノートを小脇に挟んだ。


食堂に戻ると、椅子から立ち上がって、流が迎えた。

「あんじょうお聞きしたんか」

「うん。聞かせてもろたけど、かなりの難問やで」

「すみません。難しいことをお頼みして」

左京がふたりに頭を下げた。

「いやいや、そのほうが捜し甲斐《がい》があるっちゅうもんです」

流が苦笑した。

「そんな強がり言うてられるのも今のうちやと思うで」

こいしが流の顔を覗き込んだ。

「今日のお代を」

左京がポケットから財布を出した。

「この次、探偵料と一緒にいただきます」

「そうですか。で、次はいつ来れば」

「だいたい二週間ほど後やと思うてください。こちらから連絡させてもらいますわ」

「承知しました。公演がありますので、少し日にちはずれるかもしれませんが、どうぞよろしくお願いいたします」

深々と一礼して、左京が引き戸を開けた。

「飼い猫ですか」

足元に寄ってきたトラ猫の頭を左京が撫《な》でた。

「飼うてるていうたら飼うてるんですけど、食べもん屋に猫を入れたらアカンてお父ちゃんが言わはるさかい」

こいしが流を斜めに見た。

「あたりまえのこっちゃないか」

「名前はついているんですか」

「ひるねて言うんですよ」

こいしが答えた。

「ひるねちゃん、また来るからね」

左京がひるねに手を振った。


「そないな難問か」

店に戻って流が訊いた。

「これまでで一番難しいのと違うかな」

こいしが答える。

「ものは何や」

「かけ蕎麦」

「かけ蕎麦て、あれかい。素蕎麦かい」

「うん」

「たしかに難問やな」

「そやろ。しかもな、今はもうなくなった神楽坂の料亭で出てきた、かけ蕎麦なんやで」

「えらいもん引き受けてしもうたな」

流が苦虫を嚙《か》みつぶしたような顔をした。

2

前回と違って、ＪＲ京都駅から歩きはじめた左京は、迷うことなく『鴨川食堂』に辿《たど》りついた。

「ひるねちゃん、元気だった？」

屈《かが》みこんで、左京がひるねの喉を撫でた。

「覚えてくれてはったんですね」

店から出てきたこいしが左京に並んだ。

「子どものころから猫好きでしてね。でも、うちも父が生き物は飼わないという方針でしたから」

「なんでですのん？　お能とペットは関係ありませんやん」

「能は声が大事なんです。きっと猫の毛が気になったんでしょうね」

「厳しいもんやねぇ。まぁ、どうぞお入りください」

　こいしが招き入れた。

「ありがとうございます」

　左京が敷居をまたいだ。

「ようお越しくださいましたな」

　迎え入れて、流が笑顔を見せた。

「ずいぶんとご苦労をおかけしたようで」

「最初は雲をつかむような話で難儀しましたけど、なんとか辿りつけたと思うてます」

「愉《たの》しみにしてまいりました」

「すぐに用意しますんで、ちょっと待ってくださいや」

　流が厨房に入っていった。

「左京さんて、すごいダンサーなんですね。ちょっと調べさせてもろたんですけど、ニューヨークやとか、ロンドンでも公演してはるんやて、びっくりしました」

「ありがとうございます。ダンスは能楽と違って世界共通ですからね。物珍しさだけで観られないのが嬉しいんです」

「難しいことは、よう分かりませんけど、お父ちゃんが捜してきはった、かけ蕎麦が合うてたらええなぁと思うてます」

こいしがテーブルに湯呑みを置き、萬古焼《ばんこやき》の急須から茶を注いだ。

「よく捜しだせましたね。半分以上あきらめていたのですが」

「お父ちゃんは絶対あきらめへん人やから」

こいしが胸を張った。

「うちの父も同じです」

左京は表情を固くした。

「お待たせしましたな。ほんまに、なんの愛想もない蕎麦でっせ」

流がテーブルに置いた染付鉢からは、もうもうと湯気が上がっている。

「いい香りだ。たしかにこんな匂いだったと思います」

湯気に顔を近づけて、左京がうっとりと目を閉じた。

「どうぞ、ゆっくり召し上がっとぅくれやす。て言うても、蕎麦だけですけどな」

「心していただきます」

手を合わせて、左京が箸を取った。

「合うとったら、ええんですが」

流の視線に気付いたこいしが、厨房に入っていき、流もそれに続いた。

左京はしばらくの間、箸を持ったまま、蕎麦をじっと眺めていた。

端正な蕎麦。澄み切った出汁。潔いまでに、ただそれだけしか鉢に入っていない。その佇《たたず》まいはあのときと同じ。鉢を持ち上げようとして、あまりの熱さに指先を耳たぶに当てたのもまったく同じ。

胸を高ぶらせながら、左京は箸で蕎麦をたぐった。

「一緒だ」

左京がひとりごちた。

今度はおそるおそる鉢の底に手を入れ、親指を鉢の上に当て、出汁をすった。

「一緒だ」

同じ言葉を繰り返した。

味だけでなく、蕎麦の佇まいまでもが、あのときと同じなのはなぜなのかと考えて、器が同じなのだろうと左京は思い当たった。記憶が定かでない上に、器のことには詳しくないから断定はできないが、おそらく間違いない。

あらためて、器を眺めてみる。白地に藍色で花が描かれている。牡丹《ぼたん》だろうか。花の周りには葉っぱや蔓《つる》らしきものも描かれている。記憶がよみがえって来た左京は、出汁を飲み、小さくため息をついた。

しんと静まり返った食堂の中で、左京が蕎麦をすする音だけが響く。

蕎麦を食べ終えた左京は、両手で鉢を持ち、ゆっくりと出汁を飲んだ。

まるで薄茶を喫するように、最後は音を立てて、出汁を飲みきった。

「やっぱり」

空になった鉢の底に描かれた〈福〉の文字に目を落とした。

それを合図とするかのように、流が厨房の暖簾をくぐって、左京の傍らに立った。

「どないでした?」

「まったく一緒でした。こんな蕎麦でした」

「よろしおした」

ホッとしたように流が顔を丸くした。

「驚きました。完璧です。いったいどうしてこれを?」

「お父さんにお訊きするのが一番早いんですけど、それはあきませんわなぁ」

流が苦笑いした。

「『若宮』もなくなってしまっているのに、なぜこんな器まで?」

左京が空になった染付鉢を手に取った。

「やっぱり、これでしたか」

流がにやりと笑った。

「わたしの記憶に間違いがなければ」

左京がハンカチで首筋の汗を拭った。

「正直にお話ししますわ」

流が左京と向かい合って座った。

「ホンマのこと言いますとな、今日お出しした蕎麦は、すべてわしの想像なんですわ」

「想像？」

「料亭というのは厄介なもんでしてな」

流が色あせた写真を見せた。

「そうそう。この店です。なんだか懐かしいなぁ」

左京が写真に顔を近づけた。

「その『若宮』の女将さん、今は水道橋で『こうらく』という、小料理屋をやってはるという話を聞いて、すぐに行ってみましたんや」

流が『こうらく』の写真を横に並べた。

「コの字型のカウンターだけの店でして、十人も入れんような狭い店は満席に近かったですわ。女将さんはカウンターの中に立って、お酒を注いだりしてはりました」

「あんな立派な料亭の女将さんが、こんな小さな料理屋で」

左京が『こうらく』の写真を手に取った。

「一杯飲みながら『若宮』のころのことを尋ねてみたんですわ。もちろん、お父さんのことも、あなたのことも、ようようご存じなんやろけど、わしが訊いても何もお話しになりませんのや。ストレートに蕎麦のことを訊いたんがいかんかった。料亭の中でのことは一切言えん、ということやろと思います。京都の祇園でも同じようなもんやさかい、それ以上は突っ込めませんでした」

「そうでしたか」

左京が短く返した。

「取り付く島ものうて、困り果てとったら、隣に座ってはったお客さんが『若宮』の常連客やったそうで、助け舟を出してくれはりましたんや。蕎麦は食べたことがない、と言うてはったんですが、『若宮』の料理のことをあれこれ教えてくれはったんです」

「お父ちゃんの執念が通じたんやね」

こいしが嬉しそうに写真を覗きこんだ。

「でも、それだけで、ここまでは……」

左京が首をかしげた。

「『こうらく』は『若宮』時代のお客さんがようけ来たはるみたいで、あっちゃこっちゃから、『若宮』の思い出を語る人が出てきましてな。女将さんも悪い気はせなんだようで、和やかに掛け合いをしてはりました。そんな話を寄せ集めて、わしなりに推理して、作ってみたんが、この蕎麦っちゅうことですわ」

空になった鉢を見て、流がわずかに胸を張った。

「味だけじゃなく、器まで同じでした。刑事並みの推理力ですね」

左京の言葉に、こいしは流を横目で見た。

「正直に言いますとな、最後は教えてもろうたんです。女将さんに」

流が照れ笑いを浮かべた。

「でも料亭時代のことはお話しなさらなかったんでしょ」

左京が首をかしげた。

「――そう言えば鯛《たい》とすっぽんが大好物のお客さんがおられましたね――て女将さんが常連さんに話しかけられたんです。そしたらわしの隣のお客さんが、二、三人の名前を挙げはりまして」

流が左京に顔を向けた。

「その中に父の名が？」

左京の問いかけに、流がうなずいてから続ける。

「――お越しになると必ず鯛のアラとすっぽんで取った出汁をお吸い物にしてお出ししたんだけど、あれはどなたでしたかねぇ。もう忘れてしまいました――。ひとり言みたいに、女将さんがそう言わはりました」

「鯛とすっぽん。それはまた贅沢な」

左京が合いの手を入れた。

「きっとヒントをくれはったんやと思いました」

「ということは……」

「――そうそう。お吸い物におそうめんを入れて、お食べになることもありました――て付け加えてくれはりました。親切な女将さんですわ」

流が相好を崩した。

「なるほど。鯛とすっぽんですか。そう言われれば、そんな味ですね。そうめんじゃなくて、あのときは蕎麦だった」

「わしも最初は半信半疑でしたんや。鯛みたいな上品な味は、すっぽんに負けてしまうんやないかと。けど作ってみたら、なんともええ味が出よる」

「贅沢なかけ蕎麦だったんですね」

「政財界のお歴々やら、文化人御用達《ごようたし》の店やったそうですから、きっと金に糸目はつけんと、最高の食材を仕入れてはったはずや。そう思うて、鯛も明石《あかし》の天然ものを使うて、すっぽんは京都の老舗と同じものを仕入れました。これが養殖の鯛やったらすっぽんに負けますやろけど、さすが明石の鯛は違います。しっかり味が乗ってます。蕎麦も乾麺ですけど、北海道産の蕎麦粉を使うたもん。出汁の味がよう乗りよる」

「なるほど、そういうものですか。本物は強い……」

左京はじっと考えこんでいる。

「本物と本物が合わさったら、どっちが勝って、どっちが負けるてなことにはならへんのですなぁ。うまいこと調和しよる。我が我が、てな主張はしよらんのです」

「うちもこのお出汁で雑炊したんですけど、そら美味しかったですわ。明石の鯛とすっぽんて、こんな合うんやて、びっくりしました。言うても、どっちも滅多に食べられへんのですけどね」

こいしが肩をすくめた。

左京は無言で鉢をじっと見つめている。

「贅沢と言うたら贅沢ですけど、それが分からなんだら、ただの質素な蕎麦ですわ。お父さんもやけど、『若宮』の女将さんも何も言わはりませんでしたやろ。せやから、あなたは最初、粗末なもんを食べさせられたと思うてはった。この鉢も同じです。魯《ろ》山人《さんじん》の器を蕎麦の鉢に使うてなことは贅沢の極みですけど、知らんもんには、ただのうどん鉢」

「なぜ言ってくれなかったんでしょうか。そう聞けば有り難みも違ってきたと思うんですが」

「わしも詳しいことは分かりまへんけど、世阿弥の言葉に〈秘すれば花〉というのがあるんやそうですな。きっとそういうことやったんやおへんか」

「〈秘すれば花〉……」

左京がうつろな目をした。

「これも、わしの推測ですさかい、間違うてるかもしれまへんけど、きっとお父さんは、あなたにそれを伝えたかったんやと思います」

流が左京の目をまっすぐに見つめた。

「それはつまり、僕を能楽の道に戻したいという意味でしょうか」

左京が視線を返した。

「わしはお父さんやないさかい、そこまでは分かりまへん。けど、そういう意味やないように思います。何ごとにも通じることとして、あなたに伝えようとしはったんと違いますやろか」

「鯛やすっぽんを使った贅沢極まりない出汁なのに、それを表に出さず、ただの蕎麦のように見せる。でも、その味はこうして心に深く刻まれる。父はそのことを僕に伝えたかった」

左京の言葉に、流はゆっくりとうなずいた。

「うちには、難しすぎて分からん話やわ」

こいしは左右に首を傾けている。

「そない難しい考えることない。親にとって、子どもは幾つになっても子ども。気になって、しゃあないということや」

「やさしいお父さんですやんか。継いであげはったらええのに」

こいしが左京に顔を向けた。

「継ぐということは、決して職業やら形やない。心なんや。子どもがどんな仕事をしてようが、伝わってきた心は継いでほしい。どこの親でも、そう思うてるのと違いますか」

流が立ち上がった。

「ありがとうございました」

慌てて立ち上がって、左京が深く腰を折った。

「なんや、よう分からんけど、よかったですね」

こいしは歪《ゆが》んだ顔で笑った。

「お世話になりました。これで思い残すことなく、まっすぐに進めます」

左京が唇を一文字に結んだ。

「よろしおした」

流が一礼した。

「この前の食事代と併せてお支払いを」

左京が財布を取りだした。

「うちはお客さんに金額を決めてもろてます。お気持ちに見合うた分だけ、こちらに振り込んでください」

こいしがメモを手渡した。

「承知しました。鯛やすっぽんまで使っていただいたのですから、精一杯のことはさせていただきます」

左京が財布にメモを仕舞いこんだ。

「京都でダンスの公演しはるときは知らせてくださいね。絶対観にいきますし。な、お父ちゃん」

「そ、そやな」

流が顔をひきつらせた。

「無理しないでくださいね」

左京が苦笑した。

「お友だちと行きますわ」

こいしが片目をつぶった。

「ありがとうございます」

律儀に礼を述べて、左京が引き戸を開けた。

「こら、入ってきたらあかんぞ」

足元に駆けよってきたひるねを、流が牽制《けんせい》した。

「そうなんだって。いじわるるだね」

左京がひるねの喉を撫でた。

「ホンマ意地悪なお父ちゃんや」

こいしが左京の隣に屈みこんだ。

「意地悪やとか、そういう話やのうてやな」

「はいはい。分かってます。食べ物商売の店に猫は入れられへん」

「分かってたらええ」

流が口をへの字にした。

「ひとつお訊きしてもいいですか」

立ち上がって、左京が流に顔を向けた。

「なんですやろ」

「この前のお椀なんですけど、あのミネストローネっぽいスープと、『若宮』の蕎麦と、どこか同じような後味だったと思うのですが、気のせいでしょうか」

「まったくの偶然ですけどな、同じもんが入ってたと思います。生姜《しょうが》の絞り汁です。すっぽんには付きものですさかいな。こないだのスープは、身体を温めてもらおうと思うて、ほんのちょびっとだけ入れました」

「それで似たような味がしたんですね」

「ええ舌してはります」

流が左京に笑みを向けた。

「ありがとうございます」

一礼して、左京が正面通を西に向かって歩き始めたかと思うと、すぐに立ち止まって振り向いた。

「もうひとつお訊きしてもいいですか」

「どうぞ」

流が一歩前に出た。

「鉢の底に描かれていた〈福〉の字には、何か意味があるのでしょうか」

「それは魯山人に訊いてください」流が苦笑して続ける。「食べる前には何も見えんけど、食べ終えたら〈福〉の字が現れる。縁起がよろしいな。それは舞台も同じなんと違いますか。舞台を観終わったあとに、しあわせな気分になれたらよろしいがな。今日はええもん観せてもろた、と思いながら席を立てたら、客もですけど、演じたほうもしあわせになれますやろ」

「……」

左京はじっと聞き入っている。

「おきばりやす」

こいしがかけた声で、ようやく左京が我に返ったかのように、背筋を伸ばして歩き始めた。

後ろ姿をじっと見送るふたりに気付いたのか、通りの半分ほども歩いてから振り返って小さく礼をした。


「お父ちゃん」

店に戻るなり、こいしが流の両肩をつかんだ。

「なんや、いきなり」

その手を振りほどいて、流が振り向いた。

「当分は贅沢禁止や、て言うてたんは誰なん？　魯山人の器なんか買うてからに」

こいしがにらみつけた。

「おまえは、もうちょっと見る目があると思うてたけど、節穴やな。こんなもん写しに決まっとるがな。魯山人はようけ写しやらコピーがあるんや」

「なんや。そうやったんか。けど、それやったら左京さんをだましたことになるやんか」

「あの人に頼まれたんは、蕎麦を捜すことや。器はオマケやから」

流が鉢を頭上にかかげた。

「ときどき無茶するさかいに、本物を買うてきたんかと思たわ」

「わしは魯山人の器はあまり好きやないんや」

流が伏し目がちに言った。

「なんでなん？」

こいしが訊いた。

「こういうさぶい夜は鍋が一番や。鯛とすっぽんの鍋てな贅沢なもん、滅多に食べられへんで。浩《ひろ》さんも呼んでやり」

流が話の向きを変えた。

「ホンマ？　浩さんも鍋好きやしな」

こいしが声のトーンを上げた。

「掬子《きくこ》も鍋好きやった」

流が仏壇に目を遣《や》った。

「そんな贅沢な鍋せんとき、てお母ちゃん言いそうやな」

こいしが仏壇の前に座った。

「たまにはええがな。なぁ掬子」

流が線香を供えた。

第二話　カレーライス

1

「東京へ行くのと、あんまり変わらんやないか」

京都駅の七番線ホームに降り立った松林《まつばやし》信夫《のぶお》は、ホームの時計を見上げてひとりごちた。

十時少し前に金沢駅を出たサンダーバード号は、お昼を十分ほど過ぎたころに京都

駅に着く。乗車時間は二時間十五分ばかり。

ちょうど半月ほど前、金沢から東京へ行くのにかかった時間は二時間半。在来線と新幹線のスピードが格段に違うことに改めて驚いた。

ホームから階段を上ろうとして三段目でつまずき、危うく転びそうになった信夫は、老いが深まりつつあることを実感した。

京都駅の烏丸口を出た信夫は、烏丸通をまっすぐ北に向かった。

黒いショルダーバッグを肩にひとつ掛けただけの軽装で、小走りに七条通を渡り、正面通を東に折れる。

やがてそれらしき建屋を見つけた信夫は、玄関前に立って、しきりに首をかしげる。想像していた店とあまりに違い過ぎるからだ。

通りかかった若い僧侶に尋ねてみた。

「すみません。鴨川さんのお店はこちらでしょうか」

「お店かどうかは知りませんが、鴨川さんのお宅ならここですよ」

ゆったりとした口調で僧侶が答えた。

「ありがとうございます」

礼を述べてから、信夫は思い切って引き戸に手をかけた。

「こんにちは」

「ようこそ。お待ちしとりました」

白い帽子を取って笑顔を向けてきたのは、間違いなく鴨川流だった。

「よろしくお願いします」

信夫は一礼してから敷居をまたいだ。

「思うてはった店とは、まったく違いますやろ」

信夫の戸惑いを見透かすように、流が店を見回した。

「ええ。ちょっと驚きました」

素直な思いを口にしてしまったことに、信夫は少しばかり後悔している。

自分が作る漆器は、決して安価とはいえない。店で使うと言って、これまでに鴨川流が買ってくれた器は、その中でも高い部類に入る。

「はじめまして。こいしです」

鴨川こいしが腰を折った。

「あなたが、こいしさんですか。お話はお父さんから伺ってましたが、想像していた以上の美人ですな」

振り向いて信夫が目を輝かせた。

「べんちゃら言うてもらわんでもよろしいんでっせ」

流が苦笑いした。

「ほんま。美人なんて言われたことありませんし」

こいしが頬を紅《あか》く染めた。

信夫は世辞など言えるような器用な人間ではない。驚くほど、こいしが自分の娘に似ていることが言わせた、率直な言葉だ。

容姿としては瓜《うり》二つというほどではないが、表情やしぐさが、娘の葉子《ようこ》にそっくりなのである。

「なんぞ苦手なもんはありましたかいな」

こいしに見とれている信夫に流が尋ねた。

「海の近くで生まれ育ったのに、どういうわけか生っぽい魚が苦手でして。特に刺身はあまり……。それ以外はたいていい大丈夫です」

信夫は正直に答えて、また少し後悔した。

和食を出されることが分かっていて、刺身を外して欲しいなど、よく言えたものだ。刺身なしで和食を組み立てることが、どれほど難しいか。半世紀近くもの間、器を作ってきた自分が一番それを分かっているはずなのに。

「失礼な言い方になるかもしれまへんけど、お歳《とし》を召してきたせいやないですかな。実はわしもそうなんですわ。海辺の旅館なんかで舟盛を出されたら、げんなりしますねん。昔はそうでもなかったんですけどな」

流が出してくれた助け舟に救われた。

「鴨川さんもでしたか。いや、おっしゃるとおりです。若いころは平気だったんですが、年々、生の魚が食べ辛《づら》くなってきましてね。〆鯖《しめさば》なんかの青魚も苦手です」

信夫が小さく微笑《ほほえ》んだ。

「まぁ、どうぞおかけくださいな」

こいしが赤いシートのパイプ椅子をすすめた。

「すぐにご用意しますさかい、ちょっと待っとってくださいや」

帽子をかぶり直して、流が厨房《ちゅうぼう》に入っていった。

「お飲みものはどないしましょ」

信夫の前に、こいしが折敷《おしき》を置いた。

「わがままを言わせてもらってもいいですか」

信夫は上目遣いに、こいしの顔を見た。

「好きにしてもろてもええんですけど、何か？」

こいしがその目を見返した。

「とっておきの酒を持ってきたんです。鴨川さんのお料理に合わそうと思って」

ショルダーバッグから四合瓶を取り出した。

「『五凛《ごりん》』。石川県のお酒なんですね」

こいしがラベルを読んでいる。

「石川県産の〈石川門〉という米を〈金沢酵母〉で醸した酒です。きっと鴨川さんの料理に合うだろうと思って」

「あとで、お父ちゃんにひと口飲ませてあげてくださいね。徳利はどうしましょ?」

「直接やりますから要りません。コップか盃《さかずき》さえ用意していただければ」

「いくつか持ってきますよって、選んでください」

こいしが厨房に入っていった。

改めて、信夫は店の中を見回した。

〈食捜します〉。『料理春秋』の一行広告に書いてあったとおり、食堂というにふさわしい店だ。地元の駅前にもこの手の食堂は何軒かある。だが、まさか鴨川の店がこんなふうだとは思いもしなかった。これまでこの店に納めてきた器と、まったく似合わない店の設《しつら》えに、信夫は落胆を隠せなかった。目の前に置かれた真塗《しんぬり》の折敷は、間違いなく自分の作品だ。だが、その下に見えるのは安っぽいデコラ貼りのテーブルだ。

「お待たせしましたな」

暖簾《のれん》をくぐって、流が料理を運んできて、折敷の上に並べはじめた。

古伊万里の長皿、江戸切子の小鉢、織部の角鉢、絵唐津の猪口《ちょこ》。流が無言で置いていくのを、信夫は順に目で追っていく。

「まだまだ昼間は暑いですけど、朝晩は秋の気配がしてきましたな」

並べおえて、流が口を開いた。

「夜になると虫のすだきが聞こえるようになりました」

料理に目を奪われていた信夫は、少し間をおいてから言葉を返した。

「いちおう説明しときます。長皿は落ち鮎《あゆ》の塩焼きです。一匹は桜とリンゴのチップで軽ぅに燻《いぶ》してます。子持ちのほうは柚庵地《ゆうあんじ》につけてから焼いてます。蓼《たで》の葉の刻んだんが添えてありますので、お好みでふりかけてください。切子の小鉢に入ってるのは名残鱧《はも》の南蛮漬けです。よかったら黒七味をお使いください。これくらい火が入った魚やったらお口に合うと思います。織部の鉢には揚げもんが入ってます。秋茄子《なす》と近江牛《おうみうし》はフライにしてますので、味噌《みそ》ダレをつけて召し上がってください。小柱のかき揚げと、車海老《くるまえび》のすり身揚げには抹茶塩がよう合うと思います。唐津の猪口には炊き合わせを入れてます。落ち子、鮑《あわび》、姫松茸《ひめまつたけ》、赤こんにゃく、オクラです。ご飯とお汁《つゆ》は後でお持ちしますんで、まずはお酒でゆっくり愉《たの》しんでください」

長手盆を小脇に挟んで、流が一礼した。

「お好きなんをどうぞ」

竹籠に入った二十ばかりの盃を、こいしが折敷の横に置いた。

「迷いますねぇ」

信夫が笑顔を浮かべて腕組みした。

「置いときますよって、お好きなように」

笑顔を返して、こいしは流の後を追うように、厨房に入っていった。

竹籠から信楽焼《しがらきやき》のぐい呑《のみ》を取った信夫は、酒瓶を傾けた。

いくらか大ぶりのぐい呑を口に運び、信夫は折敷の上をじっと見つめている。

どこをどう見ても場末の食堂にすぎない店なのに、折敷の上だけを見れば、星付きの料亭をも上回る。器の取り合わせ、料理の盛り付け、どれをとっても超一級である。

二、三分ほどもそうしていただろうか。ようやく信夫が箸を手にした。

最初に箸をつけたのは、子持ち鮎だった。爽やかな柚子《ゆず》の香りが、生命を終えようとする鮎の熟れた味を包みこみ、ぷちぷちと弾《はじ》ける子の歯ざわりと相まって、豊かな味わいを生みだしている。還暦をとうに超えた今まで、数え切れないほどの鮎を食べてきたが、これほどに滋味深い鮎は初めてだった。

鱧の南蛮漬けには、奨《すす》めにしたがって黒七味を振りかけてみた。

なるほど、流が名残鱧と言ったはずだ。脂がのっている、を超えて、くどさを感じてしまいそうな鱧を、酢の酸味と黒七味の辛みで、後口を爽やかにしている。

食材の持つ力と弱みを、調理の技で整えている。なんとも凄《すご》い料理人だ。ならば、もっとそれに釣り合うような店にすればいいのに。

その思いはしかし、近江牛のフライを食べたときに、大きく変化した。

もしもこの料理が、祇園あたりの高級割烹《かっぽう》で出てきたら、客はよろこぶだろうが、これほどのインパクトはない。この店の佇《たたず》まいだからこそ、驚きが大きく、価値は高まるのだ。

酒瓶には、半分ほど酒が残っているが、料理はほぼ食べ尽くした。それを見計らったかのように、流が厨房から出てきた。

「ぼちぼち、ご飯にさせてもらいまひょか」

「ありがとうございます。ずっと飲み続けていたいところですが、肝心の話もしなければいけませんので」

「お口に合いましたかいな」

「驚きっぱなしでした。仕事がら、わたしもあちこちでご馳走《ちそう》をいただきますが、これほどの味は初めてです」

「そない言うてもらうようなもんやおへん。何ちゅうても、うちは食堂ですさかいな」

器を下げながら、流が柔和な笑みを向けた。

「実を言うと、最初は驚きました。わたしの作品がこんな食堂で使われているのかと」

「申し訳のないことで」

「いえいえ。それが高等戦略だということに、やっと気付きました」

信夫が満面の笑みを浮かべると、流は少しばかり顔を曇らせて、厨房に向かった。

「お酒が足らんのと違います？」

こいしが訊《き》いた。

「もう充分です。ここらで目を覚まさないと」

信夫が酒瓶の蓋を固く閉めた。

「今日は鱧ご飯を炊かせてもらいました」

流が信楽焼の土鍋を運んできた。

「鱧寿司《ずし》はよくいただきますが、鱧ご飯というのは初めてです」

「鱧寿司みたいなご馳走と違うて、おばんざいみたいなもんですわ」

流が藁《わら》の鍋敷の上に土鍋を置いた。

「このお汁は？」

椀《わん》の蓋を取って、信夫が訊いた。

「鱧の皮を刻んで、真蒸《しんじょ》に仕立てて椀種にしました。お好みで柚子皮を入れてください」

流はあえて信夫作の椀を使ってくれたのだろう。黒漆の小吸椀からいい香りが立ち上ってくる。

「お番茶でよろしいやろか」

こいしが京焼の急須を手にした。

「わたしも家では、食後に棒茶を飲んでますから」

「棒茶？」

こいしは急須を傾けかけた手をとめた。

「加賀の名産でしてね、茶の茎を使ったほうじ茶です。京都の煎り番茶と同じで、香ばしさがいのちです」
「美味《おい》しいもんを食べた後は、お番茶が一番ですね」
薄手の湯呑みに番茶を注ぐと、くすぶったような香りが漂った。
「少なめに盛っておきますけど、いくらでもお代わりがありますんで言うてくださ
い」
信夫の前に飯茶碗が置かれた。
「これが鱧ご飯ですか」
信夫が目を丸くした。
「ただの白ご飯に見えますやろ。塩焼きにした鱧の身をほぐして、炊きあがったご飯
に混ぜこんでます。木の芽の刻んだんと、大葉の繊切りを薬味にしてもらうと、味が
しまります。番茶でお茶漬けにしはるんやったら、わさびと海苔《のり》、ぶぶあられを入れ
てください」
流が土鍋の蓋にしゃもじを置いた。
「皮を取ると、鱧の身は真っ白なんですね。きらきら輝いています」
流の言葉に手を合わせてから、信夫が箸を取った。
流の言葉どおり、見た目はただの白飯だが、口に運ぶと濃密な鱧の味わいが先に立

つ。相当な量の鱧が入っているのだろう。そして皮のほうは真蒸にして、椀種にする。食材を使いきる、その心根もさすがだ。

二度お代わりをして、三杯目は茶漬けにし、土鍋の中はほとんど空になった。

「土鍋ごとお代わりしまひょか」

盆を小脇に挟んで、流が信夫に笑顔を向けた。

「もう充分いただきました。こんなにご飯を食べたのは久しぶりです。やはり手間のかかった料理は美味しいですね」

信夫が腹をさすった。

「気に入ってもろて何よりです。ひと息つかはったら、肝心のご相談を伺いますさかい、声をかけてください」

器をさげて、流が厨房に戻っていった。

店と料理のギャップに、まだ釈然としないものの、それを補って余りある料理そのものの素晴らしさに、信夫は確信を持ちはじめていた。流ならきっと願いを叶《かな》えてくれるだろうと。

ゆっくりと番茶をすすってから、信夫は中腰になって厨房を覗《のぞ》きこんだ。

いかにも京の町家らしく、廊下は長く奥へと続いている。先を歩く流の後を追う信夫の足取りは重い。

「この写真は？」

両側の壁にぎっしり貼られた写真に信夫の足がとまった。

「わしが作った料理ですわ。言うたらメモ代わりです」

流が振り向いた。

「和食だけやないんですね」

信夫が写真に顔を近づけた。

「中華、洋食、なんでも作ります」

「一流の腕をお持ちなのに、ラーメンのようなB級料理も作られるんですね」

「お言葉を返すようで申し訳ないんですが、わしは料理にA級もB級もないと思うてます。懐石もラーメンも、どっちが上やとか下やとか、そういうもんと違います。料理を作る側の心と、食べるほうの気持ちが合うたら、それでええんです」

「そういうものですかね」

信夫には納得のいく話ではなかった。

ピンからキリまである漆器の中で、信夫が今作っているのは、限りなくピンに近い上手物《じょうてもの》だけである。かつては普段使いできる普及品も作っていたが、師匠や仲間からひどく中傷されたことで、高級品一本にしぼった。漆芸作家として、松林信夫が多少なりとも名声を得ているのは、その決断のおかげだと思っている。料理も漆器と同じ。格というものがある。懐石料理とラーメンでは、格が違いすぎる。

流がノックをすると、中からこいしがドアを開けた。

「どうぞお入りください。後はこいしにまかせますんで」

てっきり流が探偵だと思っていたのに、娘のこいしのほうだと聞き、信夫は、いささか拍子抜けした。

流の背中を見送って、少なからぬ不安を抱えたまま、信夫はこいしと向き合った。

「松林信夫さん。面倒ですけど、依頼書に記入してもらえますか」

こいしがバインダーをローテーブルに置いた。

住所、氏名、年齢、生年月日、家族構成、職業、連絡先など、信夫は型どおりに書いて、こいしに手渡した。

「それで、お捜しするのは、どんな食べものです?」

こいしが正面から信夫の目を見た。

目に力を込めてまっすぐに相手を見つめる、その表情は娘の葉子にそっくりだ。思わずしばらくの間見とれていた。

「お話ししにくいんですか?」

こいしが沈黙を破った。

「カレーライスです」

信夫が消え入るような声をだした。

「どこかのお店のですか?」

こいしがペンを構えた。

「いえ。娘が作ってくれたカレーです」

信夫はこいしの目をまっすぐに見返した。

「葉子さんがお作りになったカレーですね」

こいしが横目でバインダーを見た。

「ええ。八年ほどまえに作ってくれました」

ひとつ小さなため息をついてから、信夫は天井に目を遊ばせている。

「それやったら、お嬢さんにもう一回作ってもらわはったらええんと違います?」

「それができるくらいなら、こちらにお願いしたりはしません」

こいしの問いに信夫は寂しげに答えた。

「そうですよね。失礼しました」

こいしがぺこりと頭を下げた。

「葉子はね、今から二年ほど前に人を死なせてしまって、塀の中にいるんです」

重い話を信夫は淡々と語った。

「よかったら、もう少し詳しいに話してもらえますか」

一瞬の間を置き、信夫の顔色を窺《うかが》いながら、こいしが訊いた。

「わたしは家内を早くに亡くしましてね、ひとり娘の葉子を、ずっとひとりで、たいせつに育ててきました。高校を卒業して、京都の大学に入るまでは手元に置いていたんです」

信夫が顔を曇らせて続ける。

「ミッション系の女子大で全寮制だからと、安心していたのですが、京都でくだらない男に引っかかってしまいましてね」

自らをあざけるように、信夫は口の端で笑った。

「父親から見たら、どんな男性でも娘の恋人はくだらなく見えるんやろなぁ」

「そうやない。本当にくだらない男だったんです。空想文学だか何だかしらないが、一円の稼ぎにもならない文章を書くだけの甲斐性《かいしょう》なし。夢だけを食ってるようなヤツでした」

「ええやないですか。将来は大物作家になるかもしれんのやし」

こいしが不服そうな顔をした。

「分野は違いますが、創作を生業にしている点ではわたしも同じです。将来性があるかどうかくらいは、すぐに見抜けますよ。葉子もきっとそれは分かっていたのでしょう。だからこそ自分が支えてやろうとした。そんなやさしい子なんです」

「男の人に食べさせてもらう女の人が多いけど、その逆があってもええのと違いますか」

「他人《ひと》ごとだから、そんなことが言えるんです。父親の立場に立ってみて、そんなことが言えますか?」

まるで娘に言い聞かせるかのように、信夫は言葉に力を込めた。

「そら、まぁ、そうやけど」

「どんな人に対してもやさしく接しなさい。そう言い続けてきた、わたしのしつけが間違っていたのでしょうね。いくら反対しても、葉子はその男と一緒になるといってきかなかった」

信夫は悔しそうに唇をまっすぐ結んだ。

「結局は一緒にならはったんですね」

こいしの問いかけに、信夫は黙ってうなずいた。

「親子の縁を切る、とまで言ったんですが。わたしより、あの男を選んだということですから仕方がないんです」

「その結婚と、娘さんが人を死なせたことに関係があるんですか?」

こいしが信夫の目を覗きこんだ。

「結婚して六年ほど経《た》ったころに、警察から連絡がきましてね。娘が人を死なせたと」

「まさかご主人を」

こいしが目を見開いた。

「いっそ、そのほうがよかったのですが」

信夫が薄く笑って続ける。

「わたしにはよく分からんが、作家仲間というのは、しょっちゅう議論をするんだそうです。それが白熱してくると、ののしり合いにまでなるみたいで。居酒屋で飲んでいるとき、或《あ》る作家が葉子の主人のことをクソ味噌《みそ》に言ったらしい。もみ合いになったふたりの間に入った葉子が、引き離そうとして押し返したら、相手の男は柱の角で頭を強く打ったようです。どうやらその打ち所が悪かったようで」

　信夫が短くため息をついた。

「はずみというのは怖いもんですね」

　こいしは心から同情した。

「先に手を出したのは相手の方で、酔ったものどうしのことだから、ある程度の情状は斟酌《しんしゃく》してもらったようですが、それでも人を死なせてしまったことに変わりはないので」

「今、葉子さんのご主人は？」

「葉子が収監された後、子どもを放り出して、石垣島だか何だかの、南の島に逃げていったようです。葉子には、向こうで一旗揚げる、と言ってね。画家ならゴーギャンのようなこともあるのでしょうが、作家が島に住んだからといって、何が変わるのか。本当に卑怯《ひきょう》な男です」

　信夫は眉間にしわを寄せた。

「ということは、探してはるカレーライスは、葉子さんが刑務所に入る前に作ってくれはったんですよね。八年ほどまえと言わはりましたね」

　こいしが本題に入った。

「ええ。結婚式の一週間ほど前でした」

信夫が天井を見上げて、深いため息をついた。

返す言葉を探して、こいしは見つけられずにいる。

「京都の大学を出てから、娘はその男と東京で暮らしていましてね。わたしが反対し続けていたものだから、ほとんど帰ってこなくて、ときどき電話をしてくるくらいでした」

「葉子さんは心細かったやろうに」

「うちに帰ってきたのは、最後の説得のつもりだったのでしょう。頑としてわたしは式に出ないと言い続けてましたから。晩ごはんを一緒に食べて欲しいと言ってきましてね」

「なんぼ反対してても、式くらい出たげはらんと、葉子さんが可哀《かわい》そうですやん」

こいしが言葉を強くした。

「あんな男に、娘をよろしく、なんて口が裂けても言えませんよ」

信夫が小鼻をふくらませた。

「その男の人のためやのうて、お嬢さんのためですやんか」

「わたしの性格を葉子はよく知ってますから、しつこくは言いませんでした。わたしにカレーを食べさせたかっただけだ、と」

「切ない話やなぁ」

こいしは瞳をうるませている。

「わたしはカレーが好物なものですから、何百、いや何千杯と食べてきましたが、あんなに旨《うま》いカレーは後にも先にもありません」

「そら美味しかったでしょう。だいじなお嬢さんがお父さんのために作らはったんやから。それだけで美味しいに決まってるわ。どんなカレーやったんです？」

「一番の特徴はカレーとご飯が最初から万べんなく混ざっていることでした。葉子が食卓に置いたのを見て、びっくりしました」

「ご飯とカレーが最初から混ざっている。他に何か特徴はありましたか」

こいしがノートに書きつけている。

「味はとてもまろやかなんですが、けっこうスパイシーで。食べ終わるころには、葉子も額に汗をかいていましたね」

「具はどうでした？」

「柔らかく煮込んだ牛肉が入っていました。じゃがいもやらにんじんやらの野菜は入っていませんでした。いわゆるビーフカレーというやつです。そうそう、カレーソースにミンチのようなものが混ざってました」

「キーマカレー系かなぁ。見た目の色とかはどうでした？」

「欧風カレーというのでしょうか。黄色ではなく茶色でしたね」

「お嬢さんは、そのカレーのことを何か言うてはりましたか。どこかのお店の真似《まね》やとか、誰かに教わったとか」

「葉子は式の場所や内容、相手の男のことばかり話していましたから、カレーに触れることはありませんでした。わたしも何も言いませんでしたし」

「そんなに美味しいと思わはったんなら、そう言うてあげはったらよろしいやん。そしたらお嬢さんも何か説明しはったやろに」

「それどころじゃなかったんでしょう。わたしの気が変わるように、ということだけで頭がいっぱいだったのだと思います」

「ほんまにじれったい話やなぁ」

いら立ちをぶつけるように、こいしは小刻みにボールペンをノックした。

「取り立てて、料理が得意なほうではありませんでしたから、きっとどこかのお店で食べたのを真似たのだろうと思います」

「それやったら捜しやすいんですけどね」

「おそらく京都で覚えた味なのでしょう」

信夫がソファの背にもたれかかった。

「葉子さんは京都のどの辺りに住んではったんです?」

「寮は大学のすぐ近く、東山三条にありました」

「在学中はずっと寮に?」

「ええ。卒業するまで寮で暮らしていました」

「訪ねはったことは?」

「女子寮ですから」

首を横に振って、信夫が苦笑した。

「そしたら、どんな暮らしをしてはったかは分からへんのですね。バイトやとか、部活やとか」

「それなりにキャンパスライフは愉《たの》しんでいたと思います。時折、思い出したように便りが届きました。奈良でお寺巡りをしたり、琵琶湖《びわこ》でキャンプしたり、そんな写真を送ってくれました」

「あんまりカレーには結びつきそうにないなぁ」

こいしが両腕を組んだ。

「葉子が特にカレー好きということでもなかったのですが、食べ歩きはよくしていたようです。京都は美味しい店がたくさんありますからね」

「けど、普通の女子大生が、食べ歩きして覚えた味を再現するのは、そう簡単なことやないですよね」

「ええ。わたしもそう思います」

「そこが謎やなぁ」

こいしはノートを繰って、思いを巡らせている。

「寮で出されていたのかもしれません」

ぽつりと信夫がつぶやいた。

「その可能性もありますね。けど、なんで今になって、そのカレーを捜そうと？」

「孫に食べさせてやりたくなりましてね」

信夫がこの部屋に入って、はじめて見せた笑顔だった。

「文則《ふみのり》くんですね」

こいしの目がバインダーを追った。

「七歳になったばかりですが、あんな、ろくでもない父親の子どもだとは思えない、とてもしっかりした子です。葉子のことを気遣っているのか、寂しがる素ぶりも見せませんし、聞き分けもいいんです」

信夫が目を細めた。

「お孫さんて、可愛《かわい》いらしいですね。自分の子どもより可愛い、て、よう聞きますわ」

「うちは男の子がいませんでしたから、余計にそう思うのかもしれません」

「一緒に暮らしてはるんですか」

こいしが訊いた。

「事件が起こった後にわたしが引き取って、それからずっと」

「お仕事しながらやったら、大変なんとちがいます？」

「仕事を手伝ってくれている妹が助けてくれています」

「佳恵《よしえ》さんですね」

「ええ。良い縁がなくて、ずっとひとり身を通しているものですから、自分の子どものようにして世話してくれています」

「やっぱり身内が助けになりますね。けど、さっきお聞きした話やと、スパイシーで汗が出るくらい辛かったカレー、小さいお子さんには不向きなんとちがうかなぁ」

こいしが小首をかしげた。

「わたしもそう思ったのですが、文則は辛いものが大好きなようでして。わたしに似たのかもしれません」

信夫が相好を崩した。

「おじいちゃん似のお孫さん。目の中に入れても痛くない、ていうことですね」

「その可愛い孫のためにも、なんとか捜しだしてください」

信夫が頭を下げた。

「まかしてください。て、言うても、実際に捜すのはお父ちゃんですけどね」

笑みを浮かべて、こいしがノートを閉じた。


ふたりが店に戻ると、流は鍋を洗っていた。

「どや。あんじょうお聞きしたんか」

蛇口をひねって、水の流れを止めた。

「ええ、しっかりとお聞きいただきました」

「けど、今回は相当な難問やで、お父ちゃん」

こいしが流の肩を叩《たた》いた。

「今回は、て、いっつもやないか。簡単に見つかったことなんか、いっぺんもないがな」

　鍋を拭きながら、流が苦い笑いを浮かべた。

「鴨川さん、どうぞよろしくお願いいたします」

「せいいっぱい、捜させてもらいます」

　信夫と流が頭を下げあった。

「そうそう、この前注文された汁椀ですけど、半月後くらいにはできあがりますので、お送りします」

　敷居をまたいで、信夫が振り返った。

「それやったら、ちょうどよろしいわ。二週間ほどでご依頼の食を捜しておきますんで、今度お越しになるときにお持ちいただいたら」

「そうですか。じゃあそうさせていただきます」

「ご連絡させていただくのは、いつもの電話番号でよろしいですか」

　こいしが訊いた。

「ええ。もしくは携帯のほうに」

　信夫が答えると、ひるねが足元に寄ってきた。

「これ、そっち行き。服が汚れるがな」

流が追い払った。

「おたくの飼い猫ですか」

信夫が訊いた。

「まぁ、そんなようなもんですけど、うちには絶対入れてもらえへんのですよ」

ひるねを抱き上げて、こいしが唇を尖《とが》らせた。

「食いもん商売の家に、猫なんか入れられますかいな」

流が眉間にしわを寄せた。

「うちも同じです。細かな毛が漆に付いたら大変ですから。孫は猫を飼いたいようなんですが。それにしても猫は可愛いですなぁ」

信夫が目を細めた。

「うちみたいに外で飼わはったらよろしいがな」

流の言葉に笑顔を浮かべて、信夫は正面通を西に向かって歩いていった。

「今度はカレーやで」

見送って、こいしが流に言った。

「意外やな。松林さんやったら、もっと高尚な料理を捜してはるのかと思うてた」

「最初は言いにくそうにしてはったわ」

「変わったカレーか？」

「そうでもない。カレーとご飯が最初から万べんのう混ざってるだけなんやて。わたしにはだいたい分かったけど」

こいしがひるねを地面に下ろした。

「ほう。それやったら話が早いやないか。今回はおまえにまかすわ」

「そんなイケズ言わんといてぇな。違うてたらえらいことやんか」

こいしが流の背中を叩いた。

2

「まだ歩くの？」

文則は、うらめしそうに信夫を見あげた。

「もう少しやから頑張って歩きなさい」

信夫はつないだ手に力を込めた。

烏丸七条を北に歩き、ようやく正面通まで行きつき、期待と不安が入り交ざった複雑な気持ちを抱えながら、文則の手を握りなおした。

「お店に入ったら、ちゃんとあいさつするんだよ」

『鴨川食堂』の前まで辿《たど》りついて、信夫は居住まいを正した。

「うん。カレーのいい匂いがするね」

文則が鼻をひくつかせた。

「こんにちは」

ゆっくりと引き戸を開けて、信夫が敷居をまたいだ。

「ようこそ。おこしやす」

白衣姿の流が出迎えた。

「こんにちは」

文則が気をつけをして、大きな声を上げた。

「孫を連れてきてしまいましたが、よかったでしょうか」

信夫が流の顔を覗きこんだ。

「大歓迎ですがな。ぼん、よう来てくれたな」

屈《かが》みこんで流が文則の頭を撫《な》でた。

「お話ししていたお椀をお持ちしました」

信夫が手提げ袋を流に渡した。

「ぼくが文則くんやね。辛いカレーやけど大丈夫なん？」

こいしも流の隣に屈んだ。

「うん。辛くなかったらカレーじゃないもん」

文則が口を尖らせた。

「うん、やなくて、はい、だろ」

信夫が文則の頭を押さえた。

「持って帰ってもらおと思うてたカレーは、お孫さん用に、辛さを少しだけ控えておきましたんで、ぼんには、それをお出ししますわ」

立ちあがって、流が厨房に急いだ。

「連絡もせずにいきなり連れてきて、失礼しました」

信夫がこいしに頭を下げた。

「いーえぇ。お会いできて嬉しいですわ」

テーブルに二枚のランチョンマットを敷いて、こいしが笑みを返した。

「よくこんな短期間で捜していただけましたね」

文則を座らせてから、信夫がパイプ椅子に腰かけた。

「お父ちゃんのことやから、間違いはないと思いますけど、もしも違うてたら、ごめんなさいね」

こいしが文則に語りかけた。

「うん、あ、はい。大丈夫です」

文則が声を上ずらせた。

「ほんまにおりこうさんやねぇ。おじいちゃんが言うてはったとおりやわ。けど、そんな緊張せんでええねんよ」

こいしが文則の両肩をほぐした。

「辛さに慣れさせておこうと思って、先週の日曜日に近所のカレー屋へ連れていったのですが、中辛をぺろりと平らげましたよ」

「そうなんですか。うちよりおとなやわ。おねえちゃんはね、マイルドしか食べられへんのよ」

こいしが耳元で声を小さくすると、文則が笑みを浮かべた。

「うちの家内も同じでした。カレーだけやなくて、辛いもの全般を苦手にしていましたね。でも葉子はわたしに似たのか、かなりの辛党でした。寿司屋なんかでも、子どものころから多めに山葵《わさび》を入れてもらっていました。きっと文則もその血をひいているのでしょう」

　信夫が嬉しそうに話した。

「こいし、そろそろ用意してくれるか」

　厨房との境に掛かる暖簾の間から、流が顔を覗かせた。

　こいしは紙ナプキンで先を包んだスプーンをランチョンマットの上に置き、氷水の入ったコップをその上に並べた。

「どんなカレーが出てくるのかなぁ」

　文則が立ちあがって、厨房を覗きこんだ。

「愉しみだね」

　信夫も文則と同じほうに視線を向けた。

「味見したけど、ホンマに美味しいカレーやねんよ」

　こいしがサラダと漬物を並べる。

「さあ、できたで」

　流がカレーを運んできて、文則の前に置いた。

「そうそう、こんな感じのカレーでした」

信夫が横から覗きこんだ。

「すごくいい匂いがする」

文則がカレーに鼻を近づけた。

「お待たせしましたな」

流は一礼してから、信夫の前にカレーを置いた。

カレーライスは、ぼってりとした厚みのある立杭焼《たちくいやき》の器に盛り付けられている。

皿にご飯を押し付けたように、平べったく広げられた盛り付けは、葉子が作ったのと同じだ。ほとんどトロミのない、サラサラのカレーソースがご飯に染み込んでいるところも、あの日と同じ。角切りの肉が五切れ、カレーライスの真ん中に載っているし、ミンチもちゃんと混ざっている。

「ありがとうございます」

信夫が腰を浮かせた。

「熱いうちにどうぞ召し上がってください」

流が目で合図を送り、こいしと一緒に厨房に入っていった。

「おじいちゃん、食べてもいい？」

紙ナプキンをほどいて、文則がスプーンを構えた。

「ちゃんと、いただきます、を言ってからな。かなり熱そうだから火傷《やけど》しないように、ふーふーしながら食べるんだよ」

信夫は手のひらを合わせてから、スプーンを手にした。

「いただきます」

文則は目を輝かせて、カレーを口に運んだ。

「どうだ。美味しいか」

信夫が訊いた。

「うん。すごい美味しい。おじいちゃんも早く食べないと」

口をもぐつかせながら、文則が答えた。

「よし。おじいちゃんも食べるぞ」

信夫があわててスプーンでカレーを掬《すく》った。

スプーンを口に入れて、信夫が大きな声を上げた。

「旨い。これだ、この味だよ」

「びっくりしたぁ。おじいちゃん、そんな大きな声を出さないでよ」

「ごめん、ごめん。そっくりな味だったから」

「何にそっくりなの？」

文則はスプーンを持つ手を止めた。

「今朝、言っただろう。ママがおじいちゃんに作ってくれたカレー」

「そうだった。ママのカレー……。美味しいね」

文則がまたスプーンでカレーを掬った。

◆

〈あの人、お父さんが思っているほど、悪い人じゃないよ。反対してていいから、式だけは出てくれないかな。ウエディングドレスを見せたいんだ〉

〈今からでも遅くはないぞ。式場のキャンセル代くらい出してやるから〉

向かい合ってカレーを食べたときのことを、信夫は思い出していた。

〈昔から、言い出したらきかないお父さんだってことは、わかっているけどね〉

葉子が哀《かな》しそうな声を出した。

〈お前も同じじゃないか。絶対に後には引かない。きっと先で後悔するぞ〉

ふたりは、途切れることなくスプーンを動かし続けた。

〈このカレー、美味しいでしょ〉

葉子は小指で目尻を拭った。
〈ああ。こんな旨いカレー、あんな男に食わせるんじゃないぞ〉
〈まだ、そんなこと言ってる〉
呆《あき》れたように、葉子が肩をすくめた。
〈やっぱり肉は旨いな〉
〈お肉だけじゃなくて、お魚も食べないと身体《からだ》に悪いわよ〉
〈もう、この歳まで生きたんだから、あとは好きなものだけ食べるさ〉
ほとんど空になった皿にスプーンを動かす音だけが響く。
〈ごちそうさま〉
葉子は食べ終えた皿を流しに持っていった。
〈そのままでいいよ。お父さんが洗っておく。いつもやってるんだから〉
〈そんなわけにいかないわよ〉
水を流す音と葉子の背中が重なる。
〈葉子〉
〈なに？　お父さん〉
水を止めて、葉子が振り向いた。

〈いつでも帰ってきていいぞ〉

〈……。そんな弱い娘に育ててこなかったでしょ〉

葉子は洗い終えた皿を、水切りかごに立てかけた。

◆

「おじいちゃん、どうしたの？」

信夫は文則の声で我に返った。

「あんまり美味しいから、食べるのが惜しくなってな」

「おじいちゃんが要らないんだったら、僕が食べてあげるよ」

文則の皿には、ほとんどカレーが残っていない。

「そんなに気に入ったのか。だったら、これも食べていいぞ」

信夫がふたりの皿を入れ替えた。

「よかったらお代わりをお持ちします。たんとありますさかい」

気配を察知して、流が銀盆を持って、厨房から出てきた。

「鴨川さん。頼んでおいて、こんな言い方もおかしいかもしれませんが、どうして、あの日と同じカレーを作れたんです？　まったく同じ味なので驚いているのですが」

「まずは、ゆっくり召し上がってください。お話はその後で」

流が文則に視線を走らせた。

文則の前にお代わりが置かれたのを見てから、改めて信夫はカレーを味わってみた。見た目だけではなく、味もまさしく葉子が作ってくれた、あの日のカレーと同じであることに、驚いている。

どこか懐かしい味がするのは、このカレーのせいなのか、それとも葉子との時間を懐かしんでいるからなのか。きっとその両方なのだろうと思いながら、信夫はじっくりとカレーを味わい、ご飯のひと粒も残さず、皿を空にした。

お代わりは少なめに盛ってくれたのだろう。文則は二皿目も平らげそうな勢いだ。

「ママが作ってくれたカレー、すごく美味しかった」

満ち足りた表情で、文則がスプーンを皿に置いた。

「違うんだって。ママが作ってくれたカレーを、この食堂のおじちゃんが、そっくりに作ってくれたんだよ。ママが作ったんじゃない」

「じゃあ、ママの真似っこってこと？」

「まぁ、そんなとこやな。ママが作らはったカレーがあんまり美味しいから、おっちやんが真似したんや」

　厨房から出てきて、流がコップに水を注《つ》ぎ足した。

「そうかぁ。真似っこはダメだけど、美味しかったから許してあげる」

「文則、そんな失礼なこと言うんじゃない。鴨川さん、すみませんね」

　文則をにらみつけてから、信夫は中腰になって頭を下げた。

「ええんでっせ。真似ただけの料理はアカン。ぼんの言うとおりですわ」

　流が苦笑いした。

「そろそろ種明かしをしていただけますか」

　水を飲み干して、信夫が流に向き直った。

「文則くん、動物は好き？」

　こいしの問いかけに文則は目を輝かせる。

「大好き。ゾウとかキリンとか」

「猫はどう？」

「猫も好き。毎日カズトくんの家の猫と遊んでる」

「二軒隣の友だちの家によく遊びに行ってるんです」

　信夫が言葉を足した。

「おねえちゃんと一緒に猫と遊ぼうか」

「うん」

言うが早いか、文則はすっと立ちあがった。

こいしと文則が店から出て行ったのをたしかめて、流は信夫と向かい合って腰かけた。

「こんなカレーで合うてましたか」

「合うも何も、まったく同じ味でした。味だけじゃなく、見た目もそっくりなのに驚きました。手品を見せられているようです」

信夫が息を荒くした。

「これは或るお店のカレーでしてな。五年ほど前に店仕舞いしましたけど、京都の木屋町にあった『いんでぃか』というカレー専門店のレシピを再現したものなんですわ」

「『いんでぃか』ですか。聞いたことがないですね。京都では有名な店だったんですか？」

「知る人ぞ知る、という感じでしたな。わしも聞いてはおったんですけど、結局行けずじまいで」

「葉子がなぜその店のことを?」

　信夫がテーブルに身を乗りだした。

「順を追うて、お話しさせてもろてもよろしいかいな」

「お願いします」

　信夫が背筋を伸ばした。

「最初に訪ねたんは、女子寮の食堂でした。特別に入れてもらいましたんや。料理長と呼ばれてはるオバチャンが、葉子さんのことをよう覚えてはりましてな。葉子さんは〈オカアサン〉と呼んではったみたいですが、その方から学生生活のことをあれこれお聞きしました」

「実の娘のように可愛がってくれる人がいる、と言ってたのが、その人ですね。でも、くだらん男と付き合っていたとか、どうせろくなことじゃないでしょう?」

　信夫が眉をひそめた。

「お嬢さんが付き合ってられた男性については、松林さんのお話のとおりでした。料理長さんも言うてられました。葉子さんみたいな聡明な女性が、なんであんな男に、と。このことだけはお孫さんに聞かせとうなかったんです。自分の父親が他人さんから悪ぅ言われてるてなこと、小さいお子さんでもええ気はしませんしな」

「お気遣いありがとうございます。わたしも気を付けなくては」

「その男性は学費にも不自由するほど貧しい暮らしぶりやったそうで、それを見かねた葉子さんは、家庭教師のアルバイトをして助けてあげてはったらしいんですわ」

「馬鹿な娘だ」

　信夫が吐き捨てるように言った。

「そのバイト先のお宅を訪ねてみましたんや。石原《いしはら》さんという方なんですけど」

「お手間をかけました」

「葉子さんはその当時、小学校五年生のお子さんを教えてはったそうで、その子のお母さんは、葉子さんのことをえらい褒めてはりました。まじめで礼儀正しいて」

「そのことだけは厳しくしつけましたから」

　信夫が胸を張った。

「家庭教師のアルバイトだけでは足らんかったようで、週末には別のアルバイトをしてはったんやそうです。それがさっきお話しした『いんでぃか』というカレー屋でしたんや」

「葉子はそこでこのカレーを覚えたんですね」

「週末だけというても、二年間勤めてはったみたいですから、見よう見まねで覚えはったんでしょう」

「だけど、そのお店はもう無いんでしょ。どうやってこのカレーを？」

「『いんでぃか』を葉子さんに紹介したのが、石原さんやったんです。『いんでぃか』の女主人と石原さんは同級生やったそうで、お店を閉めた後もずっと付き合いがありましてな」

ひと息つくように、流がコップの水を飲みほした。

信夫は次の言葉を待ちかねるように、流の口元をじっと見つめている。

「『いんでぃか』の暖簾分けみたいな店が姫路にあることを教えてくれはったんです。昔の『いんでぃか』と同じカレーが食べられるて言うて。その姫路のお店も同じ『いんでぃか』という屋号なんですが、石原さんがそこのご主人を紹介してくれはりました」

「姫路まで……。ご足労をおかけしました」

「姫路いうても、京都からは新快速乗ったらすぐですがな。駅からはかなり歩きましたけど」

流が姫路の『いんでぃか』の写真を見せた。

「オシャレなお店ですね」

「不便な場所やのに、よう流行《はや》ってました。他にはない味ですさかい、当然ですけど」

「いつでもこのカレーが食べられるなら、わたしだって姫路まで行きます」

「門外不出のレシピやと思いますが、特別にヒントだけ教えてもらいました。石原さんの紹介やから特別や、ていうて。そこに葉子さん流のアレンジを加えたのが、さっき食べてもろたカレーです」

「ということは、これは『いんでぃか』と同じカレーではないんですね」

信夫が空の皿を指した。

「松林さんが魚を敬遠しておられることを、葉子さんは気にかけてはったようで、寮の料理長さんにも相談してられたそうです。魚だと分からずに食べられる方法を」

「ひょっとして、このカレーに魚が？」

信夫は目を丸くした。

「『いんでぃか』のカレーは醤油《しょうゆ》を隠し味に使うことが最大の特徴ですけど、葉子さんは、そこに下味を付けたカツオのそぼろを加えはった。肉のミンチやと思うてはったんはカツオやったんです。元の京都の店もそうですけど、『いんでぃか』のカレーにミンチは入ってませんのや」

「カツオですか」

「料理長さんがアドバイスした料理を、カレー好きの父親が喜んで食べてくれたと、葉子さんは手紙で報告されていたようです」

「それでカレーだったんですね」

信夫が感慨深げにつぶやいた。

「嫁ぐ前に、お父さんへのプレゼントやったんでしょうな」

「鴨川さん」

「なんです？」

「わたしの行動は間違っていたんでしょうか。結婚は許さないまでも、結婚式には出てやるべきだったのでしょうか」

信夫は瞳を真っ赤に染めている。

「わしはただの食堂のおやじですさかい、難しいことは分かりまへん。人がすることに間違いやら正しいやら、とやかく言えるような人間と違いますしな。けど、わしも娘の父親です。わしは、どないなことがあっても、こいしを信じとります。こいしが伴侶に選んだんなら、どんな相手でもそれを受け入れるつもりでいます」

流がきっぱりと言い切った。

「そうあるべきだったんでしょうね」

「食にA級もB級もありまへんけど、人間にも一流も三流もありまへん。みな同じです」

「わたしはそこからして間違っていたんだ」

信夫が唇を噛《か》んだ。

「なんべんも言いますけど、間違いやとか、どうとかやおへん。かわいいお孫さんも授からはったんやから、それでよろしいがな。葉子さんが戻ってこられたら、やり直しもききますし」

流が信夫の目を正面から見つめた。

信夫は身じろぎひとつしない。

「そろそろええかな」

半分ほど引き戸を開けて、こいしが顔を覗かせた。

「そろそろいいかな」

口真似をして、文則がこいしの下から顔を出した。

「ちょうどええとこに帰ってきた。入っといで。ぼちぼち家に帰る時間やて、おじいちゃんが言うてはったとこや」

「本当にありがとうございました」

立ち上がって、信夫が深々と一礼した。

「ありがとうございました」

傍らに立って、文則が頭を下げた。

「ホンマにぼんはおりこうさんやな」

流が頭を撫でると、文則は照れ臭そうにして信夫に身を寄せた。

「これ持って帰って、またおじいちゃんにカレー作ってもらいや」

こいしが白い紙袋を文則に手渡した。

「ありがとうございます。先日の食事代も合わせてお支払いを」

信夫が財布を取り出した。

「よかったら、お持ちいただいたお椀とおあいこにしまへんか。物々交換ということで」

「そんなことでいいんですか？　お支払いにはとても足りないと思いますが」

「まぁ、よろしいがな」

「お言葉に甘えさせていただきます」

信夫は拝むように手を合わせた。

「瓶に入ったカレーと一緒に、簡単なレシピも入れておきました。またお孫さんに作ってあげてください」

流の言葉を聞いて、文則が袋の中を覗きこんだ。

こいしが引き戸を開けると、ひるねが鳴いた。

「お世話になりました」

敷居をまたいで、信夫が頭を下げた。

「ママ、じゃないや。おねえちゃん、また来てもいい？」

文則がこいしを上目づかいに見た。

「エエに決まってるやんか。いつでも来てよ」

こいしは思わず文則を抱きしめた。

ひるねが文則の足元でじゃれついた。

「一日も早ぅ、お嬢さんがお戻りになるよう祈っとります」

信夫は大きくうなずいて、無言で一礼した。

名残惜しいのか、文則が何度も振り返って手を振る。その度に信夫は小さく頭を下げる。

ふたつの長い影が少しずつ小さくなっていき、やがて消えた。

「なんか、切ないなぁ」

店に戻って、こいしがつぶやいた。

「人生っちゅうのは、そういうもんや。どんなわけがあっても罪は罪。ちゃんと償わんとな」

「そらそうやけど」

「いつかは必ず出てこれるんやから」

流が仏壇の前に座って、線香に火を点《つ》けた。

「おかあちゃん。葉子さんが早ぅ出てこれるように祈ったげてな」

隣に座って、こいしが手を合わせた。

「どんなとこにおっても、生きて、顔見せてくれるだけでもええがな。なぁ掬子。死んだら終わりや」

「おかあちゃんのカレーて、どんな味やったかなぁ」

「掬子はな、あんまりカレーはじょうずやなかった。甘い甘いカレーやった」

流が仏壇に笑みを向ける。

「甘い甘いカレー、もう一回食べたかったなぁ」

こいしが仏壇を見上げた。

第三話　焼きそば

1

烏丸通を挟んで『東本願寺』の向かい側に、仏具商や仏壇屋が立ち並ぶ正面通がある。その道筋を東から西へ、一台のタクシーがゆっくりと走っていた。

日傘をさした浴衣姿の若い女性がふたり並んで歩く姿を、運転手が目で追った。

後部座席の真ん中に座る前崎弓子《まえざきゆみこ》は、タイトなパンツスーツで前のめりになって、

運転席に手をかけている。

「ほんまにここらへんなんですか？　食堂らしい店はありまへんで」

ハンドルを握りなおして、左右を見回す運転手がぼやいた。

「間違いありません。ほら、地図だとこのあたりでしょ」

弓子が、後部座席から身を乗り出して地図を見せた。

「地図が間違うてるんと違いますか。わしも長年個人タクシーやってますけど、こんなとこに食堂やなんて聞いたことおへんで」

「ほら、その左側。そこじゃないですか」

弓子が指差す先に建っているのはモルタル造の二階屋だ。

「こんなん普通の家ですがな。看板も何もありまへんし」

「看板がない店みたいですから、ここかもしれません。いいから停《と》めてください」

弓子がきっぱりと言いきった。

「停め、て言わはるんやったら停めますけどな」

運転手はしぶしぶブレーキを踏んだ。

「お釣りはいいから開けてください」

メーターは六一〇円を表示している。弓子は千円札を運転手に手渡した。

「ほんまに若い娘はんは、せっかちやなぁ」

札をたたみながら、年老いた運転手が苦笑いした。

「四十前ですから、全然若くないですよ」

小ぶりのキャリーバッグを抱えて、勢い込んで降りたものの確たる自信もなく、弓子はおそるおそる店の様子を窺《うかが》った。

外から見る限り、まったく食堂らしき気配はない。ただ、中から漂ってくる匂いは間違いなく飲食店のそれだ。

弓子は上着の襟を整えた。

「よし」

両手のこぶしを握りしめて、弓子は引き戸を開けた。

「いらっしゃい」

思ったより明るい声で迎えられたことに、弓子はホッと胸を撫《な》でおろした。

「こちらは鴨川食堂でしょうか」

額の汗をレースのハンカチで拭いながら、黒いソムリエエプロンを着けた若い女性に訊《き》いた。

「そうですけど。お食事ですか」

あまり歓迎されていないような低い声に、弓子の胸は少しばかりふさがった。

「食を捜してもらいたくて伺ったんですが」

「そっちのお客さんやったんですか。探偵のほうはわたしが所長になってます。鴨川こいしです」

「前崎弓子です。よろしくお願いします」

弓子が名刺を差し出した。

「前崎記念財団代表。どんなお仕事をなさってるんです？」

こいしが訊いた。

「遠いとこから、ようお越しいただきました。食堂の主人をしております、鴨川流です。これが娘のこいしです」

厨房から出てきた流が、白い帽子を取って、弓子に頭を下げた。

「ご丁寧にありがとうございます。おととい日本に戻ってまいりました」

弓子がリーフレットを流に手渡した。

「いつもご苦労さんですなぁ。ほんまにありがたいことやと思うてます」

手に取って、流が押しいただいた。

まるで旧知の仲のようなふたりのやり取りを、こいしは目を白黒させながら左右に動かしている。

「今回はどちらへ？」

流が訊いた。

「大雨の被害を受けられた栃木のほうへ」

「そうでしたか。きっと皆よろこぶと思います……たしか、最初は阪神淡路大震災のときでしたな」

「はい。父の発案ではじまりました」

「お父さんは？」

「一昨年、亡くなりました」

「そうでしたか」

流と弓子の短いキャッチボールが続いた。

「お腹《なか》のほうはどないですのん？」

こいしが言葉を挟んだ。

「何かいただけるのでしたら、よろこんで」

弓子が微笑《ほほえ》んだ。

「なんぞ苦手なもんはおへんか？」

「あれば少しは可愛《かわい》げがあるのでしょうが」

弓子が艶っぽい笑みを流に投げた。

「腕によりをかけさせてもらいますわ」

流が厨房《ちゅうぼう》に入っていった。

「ホンマ、お父ちゃんは若い美人に弱いんやから」

こいしが呆《あき》れ顔を厨房に向けた。

「日本では四十前は若いっていうのですか」

弓子がパイプ椅子に腰かけた。

「うちとあんまり変わらへんのや」

こいしがテーブルを拭く手を止めた。

「とてもそんなふうに見えませんわ。まだ二十代だと思っていました」

弓子が口の端で笑った。

「前崎さんみたいな色気もありませんしね」

こいしが乱暴にダスターをたたんだ。

「あなたが食を捜してくださるの？」

「うちはお話を聞かせてもらうだけで、実際に捜すのはお父ちゃんです」

「そうでしたか」

ホッとしたように、弓子が表情を緩めた。

「オーストラリアに住んではるんですか」

こいしが名刺に目を近づけた。

「オーストリアです」

弓子が語気を強めた。

「失礼しました。このごろよう目がかすむんですわ」

こいしが目をこすった。

「たいして歳《とし》も違わないのにお気の毒なこと」

憐《あわ》れむように弓子がこいしを見あげた。

「うちのことはどうやって知らはったんですか」

こいしが話の向きを変えた。

「食べることが好きなので、日本から『料理春秋』を取り寄せていて、そちらにここの広告が出ていたものですから」

「けど、住所も何も書いてないでしょ?」

「編集長さんに頼み込んで教えてもらいました」

「やっぱり」

こいしが肩をすくめた。

「夏の京都は暑いと聞いてましたけど、想像以上ですね」

「すんません。クーラーの効きが悪うて。そろそろ買い替えなアカンなて言うてるんです」

こいしがリモコンを操作した。

「お外の話ですよ。でも、やっぱり京都はいいですね。駅にも祇園囃子《ぎおんばやし》が流れてましたし、浴衣姿のお嬢さんもたくさんいらっしゃる。日本の夏らしい風情がありますわね」

「夏の京都は旨《うま》いもんもようけありますさかいな」

流が大きな盆に料理を載せて運んできた。

「そんなにたくさん食べられませんよ」

盆の上の器を目で数えて、弓子が高い声をだした。

「ようけに見えますけど、ひと品の量はちょびっとずつですさかい、大丈夫やと思いまっせ」

藍地の布をテーブルに広げ、その上に料理を並べていく。弓子はその度に歓声をあげる。

「小皿と小鉢尽くしにさせてもらいました。左上の切子の小鉢に入ってるのが鱧《はも》の煮こごり、柚子《ゆず》を振ってます。その横の伊万里の小皿は鰻《うなぎ》の白焼き、わさび醤油《じょうゆ》で食べてください。その右の小さい竹籠にはフライを入れてます。賀茂なすと近江牛、どっちも辛味噌《からみそ》を塗ってもろたら美味《おい》しおす。その真下のガラス皿は毛ガニ。二杯酢のジュレがかけてあります。その左横の織部は小鮎《こあゆ》の塩焼き。蓼酢《たです》をかけて頭からかぶりついてください。左端の漆椀《うるしわん》は枝豆のすり流し、言うたら和風のビシソワーズですわ。その下の九谷の小鉢は鷹峯《たかがみね》とうがらしと地鶏《じどり》の焼きもん。ポン酢味が付けてあります。隣の信楽の小皿は蒸し鮑《あわび》、肝のタレがかかってます。右下のガラス鉢には冷奴《ひややっこ》が入ってます。オリーブオイルと塩で召し上がってください」

流が料理の説明をする都度、弓子は大きくうなずいて聞いていた。

「お酒はどないです?」

こいしが訊いた。

「スパークリングワインなんて無いですよね」

「シャンパンてな上等はおへんけど、スプマンテかカヴァやったらありまっせ。辛口がよろしいんやろ」

「嬉しい。じゃカヴァをいただけるかしら。もちろん辛口で」

「夏場は泡もんがよろしおすな」

「わたしは年中泡ものなんですのよ」

弓子が涼し気な声で言った。

「やっぱり外国に住んではる人は違うなぁ。年中シャンパンやなんて憧れますわ」

こいしが顔を斜めにした。

「毎日シャンパーニュなら贅沢でしょうけど、スパークリングワインだとテーブルワインと同じくらいですから」

「シャンパンとスパークリングワインて、そない違うんですか?」

「そもそもシャンパーニュというのは……」

「後でちゃんと、こいしに教えときますさかい、どうぞゆっくり召し上がってくださ い」

こいしをにらみつけてから、流がフルートグラスをテーブルに置いた。

弓子は笑みを浮かべて、テーブルの上を見回した。

「こんな仕事しながら、なんにも知らん娘で困ったもんですわ」

流が静かにコルクを抜いた。

「うちの仕事は探偵事務所の所長やもん」

こいしがぷいと横を向いた。

「いつまで経《た》っても子どもですわ」

流が苦笑いしながらグラスに注《つ》いだ。

「明るいお嬢さままでいいじゃありませんか」

弓子がフルートグラスを傾けた。

「ご飯は後でお持ちしますんで、どうぞごゆっくり」

ワインクーラーにボトルを突っ込んだ流が背中を向け、こいしもそれに続いた。

どれから箸をつけようか。弓子は長い間迷ったあげく、毛ガニに箸を伸ばした。

ジュレをまぶして口に運ぶ。爽やかな甘みがいかにも夏の蟹《かに》らしい。ウィーンにもホテルのレストランを筆頭に、和食を出す店は少なくない。だがその味はと言えば、弓子の好みとはかけ離れている。日本に戻ってきた本来の目的は被災地の人々、とりわけ子どもたちを勇気づけることだが、美味しい日本料理を食べることも、来日の大きな愉《たの》しみとしている。

日本へやってきて十日目で、ようやく日本料理らしい料理にありつけた。小鮎の塩焼きを食べながら、弓子はそう思った。

煮こごりの鱧に夏の京都を感じる。とは言ってもガイドブックのうけ売りで、よく分かっていないのではあるが。フルートグラスを傾け、順に箸を伸ばし、半分ほども食べ終えたころ、流が厨房から出てきた。

「お口に合うてますかいな」

爽やかな泡音を立てて、グラスに注いだ。

「日本料理って、こんなに美味しいんですね。いつもまがいものばかり食べておりますから、改めて和食のすごさに感動しております」

「わしの料理は我流でっさかいに、伝統的な日本料理とは言えしませんけど、今流行《はや》りの創作和食に比べたらマシなほうやと思います」

「三年ぶりの日本ですが、和食もずいぶん様変わりしましたね。パフォーマンスばかりで中身が伴っていないように思えてなりません」

「さすが本物を極めはった方は、よう本質を見ぬいてはりますな。おっしゃるとおりやと思います。主役はお客さん、料理人は出すぎたらアカン。親方によう言われましたけど、今の料理人はお客さんに合わせることを知りまへん。料理人の自己満足に付き合うお客さんが増えてきましたんやろなぁ」

「食べるペースまで料理人が主導権を握るというのは、とてもおかしなことだと思いますわ」

弓子がグラスを一気に傾けた。

「初めてのときは、こないしておまかせにさせてもろてますけど、近所の常連さんには食べたいもんを注文してもろてます」

流がグラスに注いだ。

「ウィーンにも支店を出してくださいな」

弓子が賀茂なすのフライを手でつまんだ。

「娘に相談しときますわ。ゆっくり食べとうくれやす。お声をかけてもろたら、ご飯をお持ちします」

一礼して流が下っていった。

ボトルには三分の一ほどしか残っていない。鮑、鰻、冷奴、次々と箸を伸ばし、口に運ぶ度、笑顔を浮かべる。流の言葉どおり、軽く食べきれそうだ。いく品か残しておいて、厨房に声をかけた。

ややあって、流が運んできたのは焼き鱧の丼だった。

「鰻の代わりに、漬け焼きにした鱧をご飯に載せとります。江戸ふうに蒸しを入れましたんで、骨もさわらんと思います。お椀《わん》は鱧の肝吸いです。お好みで生姜《しょうが》の絞り汁を入れてください。鱧丼には粉山椒《こなさんしょう》がよう合います」

染付の小さな鉢に盛られたそれは、鰻丼そっくりで、立ち上る薫りもよく似ている。粉山椒をたっぷり振った焼鱧で、タレの染みたご飯を包むようにして口に運ぶ。見た目よりはるかに熱々のご飯にむせながら、弓子は何度も噛《か》みしめて満ち足りた表情を浮かべた。

椀の蓋を取ると、湯気が立ち上る。すかさず弓子は豆壺《まめつぼ》に入った生姜汁を垂らし、ゆっくりと椀に口をつけた。肝特有の臭みなどまるで感じられず、鱧から取った出汁《だし》なのだろうか、旨みの濃い吸い地は官能的ですらある。

「お代わりもありますさかい、遠慮のう。ほうじ茶を置いときますわ」

流が美濃焼《みのやき》の土瓶と湯呑《ゆの》みを置いた。

「もう充分いただきました。こんなに食べたのは何年ぶりかしら。食べきれないかも、なんて申し上げたのが恥ずかしいです」

弓子が頬を紅く染めた。

「何を言うてはります。こないきれいに食べてもろたら、料理人冥利《みょうり》につきるっちゅうもんです」

流が目を細めた。

「そう言っていただけると救われます。こんなにかっさらえたところを父が見たら、ひどく叱られたと思います。はしたない女だって」

「日本を離れて暮らしてはったからこそ、大和撫子《やまとなでしこ》への思いが強かったんでしょうな」

「そのくせ少しでも弱音をはくと、ものすごい剣幕で怒るんですよ。小さいころからそうでした」

「お小さいときから天才少女やと言われて大変でしたやろな。お若いうちにピアニストを引退なさったんも分かるような気がします」

わずかにボトルに残っていたスパークリングワインを流がグラスに注いだ。

「……」

弓子は今にも泣きだしそうにしている。

「余計なお話をしてしまいましたな。こいしが待っとりますさかい、そろそろ行きまひょか」

流の言葉に弓子は小さくうなずいた。

細長い廊下を流が先導し、その後ろを弓子が歩いていく。酔いがまわっているのか、おぼつかない足どりで、うつむいたまま、少しずつ歩を進める。何度も振り返りながら、流はその歩みに合わせて歩幅を狭くした。

「大丈夫でっか」

「ごめんなさい。少し飲みすぎてしまいました」

立ちどまって弓子が大きく肩で息をした。

「お気になさらんと。お話はこの次にお聞きしてもええんですさかい」

「お気遣いありがとうございます。でも、そんなわけにはいきません」

かぶりを振り、平手で二度、三度顔を打ち、弓子は靴音を立てた。

「あとはこいしに任せますさかいに」

探偵事務所のドアを開けて、流は廊下を戻っていった。


「早速ですけど、こちらにご記入いただけますか」

しごく事務的に言い、こいしがバインダーを弓子に手渡した。

ローテーブルを挟むかたちで、こいしと向い合ってソファに腰かけた弓子は、少し時間をかけて書きいれ、こいしにそれを返した。

「前崎弓子さん。三十八歳。お仕事はピアノ教師。ピアノの先生をしてはるんですね」

「今はね……」

弓子が天井を仰いだ。

「昔は違うたんですか？」

「ピアニストだったの」

「同じようなもんですやん」

「まったく違いますよ。現役のアスリートと引退したアスリートは別の存在でしょ？」

弓子が色をなした。

「失礼しました」

気圧《けお》されて、こいしは話の向きを変える。

「どんな食をお捜しなんです？」

「焼きそばです」

弓子の声が小さくなった。

「いつごろ、どこで食べはった焼きそばですか？」

「十五年ほど前に、大阪で」

「よかったぁ。オーストラリアまで捜しに行かんならんかったら大変やわ」

「オーストリアです」

憮然《ぶぜん》とした顔つきで弓子が言った。

「すんません」

こいしが両肩を縮めて続ける。

「どんな焼きそばやったんか、詳しいに聞かせてもらえますか」

こいしはノートを開き、ペンを構えた。

「ある人が作ってくれた焼きそばですが、ふつうのソース焼きそばです」

「ソース焼きそばて、お好み焼き屋さんで出てくるような、あんな感じですか？」

こいしがノートにいたずら描きしている。

「八歳のときにオーストリアに移り住んで、それから日本に来たのは数回しかないんです。ほかの焼きそばがどんなものかよく知らないので、比較はできないのですが、幼稚園のころにお祭りの屋台で食べた焼きそばによく似ていたような気がします」

「つまりは何の特徴もないソース焼きそばということですね。一番難しいパターンやな。なんでもええんですけど、何か特徴を覚えてはりませんか。ほんまに些細《ささい》なことでええんです」

「見た目はふつうのソース焼きそばです。麺は濃い茶色でしたけど、そんなに濃い味付けではありませんでした。目玉焼きがひとつ載っていて、紅ショウガが横に添えられていて……」

天井に目を遊ばせながら、弓子は記憶を辿《たど》っている。

「特に変わったもんと違うなぁ。具は何が入ってました？」

「豚肉ともやしとネギくらいだったかしら」

「キャベツはどうでした？」

「入ってなかったような気がします。記憶があいまいですが」

「味はどうでした？　ふつうのソース味でしたか？」

「本当にいい加減な記憶なんですが、お出汁の味がしたように思います」

「かつお節がかかっていたからと違うんですか？」

「かつお節はかかっていなかったような気がします」

「それはええヒントかもしれんなぁ」

こいしがペンを走らせた。

「そうそう、とっても不思議だったのは、出来上がった後に、もう一度ソースをかけると美味しいと彼が言ったことです」

「味が足りんかったんやろねぇ」

「そうだったのかしら。でも最初からテーブルにソースが置いてあったような気がするんです」

「わたしの聞き違いかもしれませんけど、彼が、て言わはりませんでした？」

「ええ」

短く答えて、弓子は赤みがさした顔をテーブルに落とした。

「差しつかえなかったら、どういう人が作ってくれはったか教えてもらえます？」

こいしが顔を覗《のぞ》きこんだ。

「十五年前、震災の復興祈念コンサートで、わたしはひと月かけて関西地方を回りました。そのときのマネージメントをしてくれた男性です」

「お名前とか聞かせてもろてもよろしいやろか」

「須賀原徹《すがはらとおる》さんです」

「当時おいくつやったんです？」

「わたしが二十三で、彼はふたつ上でしたから二十五歳でした」

「その焼きそばはどこで作らはったんですか」

「わたしが滞在していた大阪のホテルです。長期滞在用の部屋で小さなキッチンが付いていたので、そこで彼が作ってくれたんです」

「焼きそばが似合う街ですね」

こいしがノートに書き留めた。

「東京で生まれて、子どものときに日本を離れましたから、大阪と焼きそばが関係があるのかどうか、わたしには分かりません。あのときも大阪に居ながら大阪らしいものは殆《ほとん》ど食べませんでしたから」

「毎日外食ばっかりやったんでしょう？」

「朝にトーストを焼いて、コーヒーを淹《い》れるくらいで、キッチンを使ったことはありませんでした。自治体やらスポンサーの方にお招きを受けて、昼も夜も会食続きでしたから」

「それはそれで大変やねぇ。ご馳走《ちそう》が続くと飽きますもんね」

「ご馳走もですが、気を遣いながら食事するのも毎日だと大変なんです。わがままだとは思うのですが」

「そらそうやわねぇ」

こいしが短く相槌《あいづち》をうった。

「彼が気を遣ってくれて、日本最後の夜を空けてくれたんです」

「最後の夜に焼きそば、ですか。なんや似合わんようにも思いますけど」

「どうしてもわたしに食べさせたいものがある。彼がそう言って」

弓子が遠い目をした。

「立ち入ったこと、お訊きしてもよろしいやろか」

「何でしょう」

「おふたりの関係は、お仕事だけやったんですか」

「嘘《うそ》をつくわけにはいきませんわね。短い間でしたけど、付き合っていた、ということになるのでしょうね。わたしには初めての男性でした」

弓子が顔を赤らめた。

「やっぱり。そうでなかったらホテルの部屋には……」

こいしが語尾をにごした。

「子どものころにあちらに移住してからは、ピアノのレッスン漬けで、恋をする時間もありませんでした。両親ともに音楽家でしたから、朝から晩までずっと一緒でしたし」

「箱入り娘やったんや。日本に来てはる間、心配してはったんと違います？」

「一日に三回は電話が入っていました」

「それでも人を好きになってしもうたら、どうしようもありませんよね」

「男のかたと、どう接していいのかも分からず、それでも彼とずっと一緒にいる時間は夢のようで。でも、だから毎日のコンサートを務められたのだと思いますが」

弓子が背筋を伸ばした。

「須賀原さんは、なんで焼きそばを弓子さんに食べさせたかったんです?」

「ご自分の好物だからとおっしゃってました。今でいうソウルフードでしょうか」

「何か特別な思い入れでもあったんやろか」

こいしはノートにイラストを描いている。

「分かりません。ただ、わたしがすごく気に入ったのが意外なようでした。本当に美味しいと思うか、って何度も訊くんです。なぜわたしが嘘をつかなきゃいけないの? と反論しましたが」

「さっき、ソウルフードて言うてはりましたよね。須賀原さんがそう言うてはったんですか」

「当時はそんな言葉はなかったと思いますが。元気をなくしたとき、嬉しいことがあったとき、その焼きそばを食べてきたとおっしゃってました」

「ていうことは、地元の名物かもしれんなぁ。須賀原さんのお生まれはどちらやったかご存じですか」

「たしか東北のほうだとおっしゃってましたが、詳しくは存じません」

「言葉の訛《なま》りとかありました？」

「いえ、標準語のアクセントだったと思います」

「うちに捜して欲しいと言うてきはるくらいやから、当然その須賀原さんとは連絡してはらへんのですよね」

「はい」

弓子は声を落とした。

こいしはボールペンのノックを繰り返した後、弓子に顔を向けた。

「今になって、その焼きそばを捜そうと思わはったんは、なんでです？」

こいしの言葉に、弓子は顔をこわばらせた。

「言いにくいことやったらええんですけど」

「……」

弓子はうつろな目をテーブルに向けたまま、身じろぎひとつしない。

しばらく沈黙が続き、ようやく弓子が重い口を開いた。

「あのころにもう一度戻りたいんです」

「どういう意味です？」

こいしが膝を前に出した。

「わたしの人生を大きく変えてしまったあの日に、気持ちだけでも戻りたいと」

「焼きそばを食べはったことで人生が変わった、て言わはるんですか?」

「きっと免疫がなかったせいだと思うのですが、わたしは我を忘れて彼に夢中になってしまいました。日本に残って彼と一緒になりたい。そう思ってしまったんです」

「激しい恋に落ちはったんや。ちょっとうらやましいな」

こいしが肩をすくめた。

「彼も同じ気持ちだったと思いますが、遠慮深い人で、腰が引けてました。当時は天才ピアニストとして名を知られていた前崎弓子を、自分ひとりだけのものにはできない。何度もそう言って……。でもわたしは強引に奪ってほしくて、本当にもどかしかった」

「いっぺんでええから、そんな熱い恋してみたいわ」

「そうだ。ピアニストをやめてしまえば、彼と一緒になれる。わたしはそう思ったんです」

こいしの言葉など耳に入らないかのように、表情を変えることなく、弓子は続ける。

「その頃のわたしはお箸をうまく使えなくて、焼きそばもフォークで食べていました」

「今はじょうずに使わはるのに」

「ピアニストにとって指は命の次に大切なものです。慣れたフォークのほうが安全だと両親は思っていたようです。家で日本料理を食べるときも、わたしはフォークを使わされていました」

「ピアノ弾くのもたいへんなんや」

こいしが合いの手を入れた。

「何もかも両親に言われるがままに生きてきたことが、とても虚《むな》しく思えてきて。相談したとしても彼とのことを認めてくれるはずもないでしょう。このままだと、わたしは一生両親のロボットになってしまう。そう思ったんです」

「反乱を起こそうと思わはったんやね」

「わたしからピアニストという肩書を取ってしまえば、きっと両親もあきらめるだろう。要はピアノが弾けないようになればいいんだ」

「もったいないことを」

こいしが眉尻をさげた。

「手の甲を彼の前に差し出して、フォークを渡しました。これで刺してくださいと言って」

「ようそんな怖いこと」

こいしは身震いした。

「ただただ彼と一緒になりたい。そんな一途な思いでした」

弓子が左手の甲を撫でた。

「須賀原さんは刺さはったんですか?」

こいしが身を乗り出した。

「はい。かすり傷程度の浅い刺し方でした。でも血が滲《にじ》んできたのを見て、自分のしたことを後悔したのでしょう。泣きながら何度も謝って、部屋を飛び出していきました」

「浅いて言うても、よう刺さはりましたね」

「わたしが何度も何度も迫ったからです。わたしのことを愛しているなら刺して、って」

「で、その後は?」

「彼とはそれっきりです。空港にも見送りに来てくれませんでしたし」

「そのときの傷がきっかけで現役を退かはったんですか?」

「彼はそう思っているでしょうね。でも本当はその上から、わたしが自分で刺したんです」

弓子がかすかに残る傷跡を見せた。

「こんなくらいでピアノを弾けへんようになるんですか」

手を取って、こいしが目を近づけた。

「普通に弾くことには何の不自由もありません。でもプロのピアニストとしては失格です。皮膚が引きつれてしまって、微妙なタッチが……」

弓子が傷跡を撫でた。

「なんか壮絶な話やなぁ。ご両親も驚かはったでしょう」

「呆然《ぼうぜん》とするばかりでしたね。父も母も半年ほどふさぎ込んでいました。暗い家に薄日がさしてきたのは、ピアノを教える側にまわるという話が具体的になったときです」

「有名なピアニストに教えてもらえたら嬉しいですもんね。ピアニストからピアノの先生へ、ええ話ですやん」

こいしがなぐさめの言葉をかけた。

「周りの人からも、あることないこと、いろいろ言われました。ただの事故だということで押しとおしましたが、自殺未遂だったという噂《うわさ》まで流されてしまって」

「有名税ていうことですね。気の毒に」

「若いということは無謀なんだなぁとつくづく思います。分別がつかないというのか」

弓子が深いため息をついた。

「もしもその焼きそばが見つかったとして、その頃の気持ちに戻って、どうしはるつもりなんです?」

「実はわたし、好きな人ができたんです。この歳になって恥ずかしいのですが」

こいしの問いに弓子が答えた。

「なんにも恥ずかしいことありませんやん。結婚しはるんですか」

「両親が亡くなって、肩の荷がおりたような気がして。ひとりで寂しいというのもありますが、一緒になろうと思っています」

「その前に、焼きそばを食べて、気持ちをさっぱりさせたい、ということですね」

こいしがノートにペンを走らせた。

「気持ちを整理したいんです」

うつろな目で弓子が言った。

「分かりました。お父ちゃんに気張ってもらいます」

　こいしがノートを閉じた。


　ふたりが食堂に戻ると、流が厨房から顔を覗かせた。

「あんじょうお聞きしたんか？」

「しっかり聞かせてもろた」

　こいしが応えた。

「長々とお話しさせていただき、ありがとうございました」

　弓子がふたりに頭をさげた。

「しっかり捜させてもらいますけど、お時間ありませんわな？」

「あと半月ほどはこちらにおりますので、それまでに捜していただければ」

「分かりました。せいだい気張って捜しますわ。て言うても何や分かりませんけど」

　厨房から出てきて、流が苦笑いした。

「弓子さんの人生がかかってるんやから、頑張って捜してや」

　こいしが流の背中をはたいた。

「分かってるがな」

流が顔をしかめた。

「どうぞよろしくお願い致します。そうそう、今日のお食事代を」

「探偵料と一緒にいただくことになってます」

こいしが言葉を返した。

「分かりました。ご連絡をお待ちしております。名刺に書いてある携帯にお知らせいただければ」

「承知しました」

流が名刺をたしかめた。

「お供は呼ばんでもよろしいの？」

「今日はすぐ近くのホテルに泊まりますので、散歩がてら歩いていきます」

店を出て、弓子がキャリーバッグの引き手を伸ばした。

「暑いさかいに気ぃつけとぅくれやっしゃ」

流が手で陽射《ひざ》しを除《よ》けた。

「京都駅ってどちらでした？」

弓子が正面通の左右を見比べた。

「この道をまっすぐ行って、烏丸通に出て南へ行かはったらすぐに駅が見えます。京都タワーが目印ですわ」

流が通りを指差した。

「ありがとうございます。愉しみに待っております」

キャリーバッグを引いて、弓子が西に向かって歩き出した。


「何を捜してはるんや」

店に戻って、流が訊いた。

「焼きそば」

こいしが短く答えた。

「焼きそば、て、あの焼きそばかい」

「うん。あの焼きそば」

「親子っちゅうのはありがたいもんやな。これで話が通じるんやさかい」

「意外やろ？」

「たしかに思うてたもんとは違うけど、ありそうな話やな」

「食べもんとしては、ありそうやけど、話は普通やないで。ドラマを超えるドラマや」

「たいそうなこと言うてからに」

流が鼻で笑った。

「ホンマやねんて。お父ちゃんが聞いたらびっくりするで」

こいしがパイプ椅子に座って、ノートを広げた。

「びっくりさせてもらおやないか」

向かい合って、流が腰かけた。

2

帰国を間近に控えて、慌ただしい日々を送っていた弓子は、なんとか時間を調整してこの日を迎えた。

京都駅の烏丸口を出て、慣れた足どりで烏丸通を北に向かって歩く。迷うことなく正面通を東に折れ、『鴨川食堂』の前に立った。

「にゃーお」

足元でじゃれつくトラ猫を見つけて、弓子は屈《かが》みこんで頭を撫でた。

「ひるねていう名前なんですよ。いっつも眠たそうにしてるんで」

中から引き戸を開けて、こいしが弓子の傍らに屈みこんだ。

「ひるねちゃん。のんびりできていいね」

「ホンマにぎりぎりになってしもうて、すんませんでした」

「こちらこそ、間に合わせていただいて本当にありがとうございます。愉しみにして参りました」

赤いトートバッグを持って、弓子が立ち上がった。

「合うてたらええんですけど」

こいしが遠慮がちに応えた。

「おこしやす。遅うなって申し訳ありまへんでしたな」

店に入ると、白衣姿の流が迎えた。

「ご無理を言いました」

弓子が頭をさげた。

「たぶん合うてると思うんですけどな。もしも違うとったら、かんにんしとぉくれやっしゃ」

流の言葉に、弓子は無言でうなずいた。

「どうぞ」

こいしが引いたパイプ椅子に弓子が腰かけた。

改めて店の中を見回すと、この前の料理がよみがえってくる。どう考えても、この店の設《しつら》えとは釣り合わない。こういうときに日本では、狐《きつね》か狸《たぬき》に化かされたという。父にそう教わった夜のことを弓子は思い出していた。

ひょっとして、この店の存在自体が幻なのかもしれない。でも、それならそれでいい。すべてが幻だったということにしてしまえば、一からやり直せるではないか。

「何かお飲みになります?」

こいしが訊いた。

「お茶で大丈夫です。酔っぱらってしまったらいけませんので」

弓子が笑顔を返した。

「もうすぐできると思うんで、ちょっとだけ待ってくださいね」

こいしが小走りで厨房に入っていった。

もしも違っていたら、どんな反応をすればいいのだろうか。もしも合っていたら、自分の心はどう動くのだろう。考えはじめると、胸の中はざわざわと蠢《うごめ》き、息苦しさまで感じてしまう。急用ができたと言って、帰ってしまおうか、とも思う。好きな人ができた、なんて嘘までついてしまったことも、ためらいの原因だ。

「お待たせしましたな」

流が銀盆に焼きそばを載せて、厨房から出てきた。もう後戻りはできない。弓子は座りなおして背筋を伸ばした。

「こんなんやったんと違いますやろか。ソースはここに置いときますさかい、適当に調整してください」

白い丸皿に盛られた焼きそばの横に、フォークとソース瓶を置いた。

「お水とポットを置いときますよって」

こいしが弓子の右手にトレーを置いた。

「どうぞごゆっくり」

流の言葉とともに、ふたりは厨房に戻っていった。

じっと焼きそばを見つめていた弓子は、おそるおそるフォークを手にとった。

まるでパスタを食べるかのように、茶色い麺をフォークに巻きつけて口に運んだ。

「美味しい」

あのときと同じように小さくつぶやいた。

目玉焼きが載った焼きそばには、ネギと豚肉ともやしが申し訳程度に入っていて、何より茶色い麺があのときと同じだ。須賀原は食べる前にソースをかけるように言ったが、弓子はひと口食べてからにした。同じようにしてみる。まざまざと記憶がよみがえってきて、まるで目の前に須賀原が居るようにさえ思えてきた。

あのとき、目玉焼きの黄身をくずし、麺に絡めてフォークに載せて、ふと思いたったのだった。黄色いフォークを紅《あか》く染めればいいのだと。

須賀原の気持ちをたしかめたかっただけなのか、本気で人生を変えたかったのか、今となってはそれも分からない。ただ、この焼きそばを食べた、あのときから自分の人生が変わったことだけはたしかだ。弓子はそんな思いにかられながら、黙々と焼きそばを食べつづけた。

須賀原はどんな人生を歩んでいるのだろう。フォークを持つ手がとまった。

「どないです。合うてましたかいな」

厨房から出てきた流に、あわててフォークを動かした。

「つたない記憶ですが、まったく同じだと思います。見た目も味も……」

弓子が目を細めた。

「よろしおした。どうぞごゆっくり」

流が横目で皿を見た。

「あのー、どうしてこれを」

立ち去ろうとした流の背中に弓子が声をかけた。

「召し上がってから、ゆっくりお話しさせてもらいます」

笑顔を残して、流は厨房の暖簾《のれん》をくぐった。

店の料理ならともかく、ひとりの素人男性が作った料理なのだから、当然その当事者に訊かないと、同じものを作れるわけがない。きっと須賀原に会って、直接訊きだしたのだろう。となれば須賀原の消息も分かったはずだ。

早く答えを聞きたくて、急いで残りの焼きそばをさらえた弓子は、大きな声を厨房に向けた。

「ごちそうさまでした」

間をおかず、こいしが姿を現した。

「合うてよかったですね」

「おかげさまで、あのころに戻ることができました」

「ぼちぼち種明かしをせんとあきませんな」

流がタブレットパソコンをテーブルに置いた。

「よろしくお願いします」

弓子は中腰になって頭をさげた。

「最初は難しい話やと思いましたが、意外に早いこと緒がみつかりましてな」

流が弓子の向かいに座った。

「よかったです」

弓子が微笑んだ。

「覚えてはった特徴から、おそらく石巻《いしのまき》焼きそばやないかと思うたんです」

流がディスプレイの地図を見せた。

「石巻。東日本大震災で大きな被害を受けたところですね」

弓子が顔を曇らせた。

「須賀原という名前にピンときたんですわ。この石巻焼きそばの育ての親とも言われてはるのが、冬元《ふゆもと》製麺所の須賀原さんという方です。わしの推理どおり、あなたに焼きそばを作ってあげはったのは、その息子さんやったんです」

「そうだったのですか。そう言えば、いつかは自分も実家の仕事を継がねば、というような話をされてました。製麺所だったんですね」

「須賀原徹さんは、十五年前に自分で焼きそばの店を開かはったんやそうです。場所が辺鄙やさかいに、あんまり有名やないところにもってきて、一切の取材を断ってはるので、知る人ぞ知る店ですんや」

「あの後、すぐに焼きそば屋さんになられたのですね」

弓子は小さくため息をついた。

「食べに行きました。目の前で作らはるんで、作り方はすぐに分かりました。お訊きしたら、開店当初からまったく同じやり方やと言うてはりました。さっき食べてもろたんがそれです」

流が店の様子をディスプレイに映しだした。

「彼とお話しなさったんですか？」

「もちろん、あなたのことはひと言も言うてません。安心しとぅくれやす」

流が弓子に笑顔を向けた。

「何ひとつ包み隠さんと、レシピを教えてくれはりました。中力粉を使うて麺を作って、それを一回蒸すんやそうです。そうすると麺が黄色うなって、普通の中華麺みたいになりますけど、それを水で洗うて、もう一回蒸し上げると、今度は麺が茶色うなるそうです。手間かかってますんやな。後は他の焼きそばと同じような焼き方をするんですが、焼きあがる直前に、出汁を足して蒸し焼きにするんですわ。二回蒸してますさかい、麺が水分を吸収しやすうなっとる。よう考えてあります。焼き上がったら目玉焼きを載せて完成。と思うたら、最後の仕上げは客がすることになってますねん。それがこのソース。自分の好みの味にして食べる。これが須賀原さんの店の石巻焼きそばです」

流がディスプレイを操作し、順を追って作り方を説明した。

「それだけ手間がかかってるんやから美味しいはずやわ」

こいしが言葉を挟んだ。

「彼は元気に焼きそば屋さんをやってるんですね」

弓子がディスプレイに近づけた顔は晴れ晴れとしていた。

「お話しした感じではお元気そうでしたな。常連さんもようけ居られましたし」

「そうですか。それを聞いて安心しました」

弓子が手の甲を撫でた。

「これで安心してお嫁にいけますやん」

こいしが弓子に笑顔を向けた。

「そうですね」

弓子がぎこちなく答えた。

「オーストリアでは材料が手に入らへんと思いますけど、いちおうレシピをお渡しときます。麺とソースは取り寄せできるそうですけど」

　こいしがファイルケースを手渡した。

「ありがとうございます。この前の食事代と合わせてお支払いを」

「この中に振込先が書いてありますんで、お気持ちに見合うた額を振り込んでください」

　こいしが答えた。

「承知しました」

　弓子がファイルケースをトートバッグに仕舞って、引き戸に手をかけた。

「こら。中に入ったらあかんぞ」

　見送りに出た流が追い払うと、電柱の陰にかくれて、ひるねが様子を窺っている。

「いっつもこうなんですよ。かわいそうに」

　こいしが流をにらんだ。

「猫がお嫌いなんですか？」

「そうやおへんけど、食いもん商売の店に猫が入ってきたらあきまへんやろ」

「きびしいんですね」

「プロっちゅうのは皆そうなんと違いますか」

流の言葉に、弓子は言葉を返せずにいた。

「今回の最後の教室は、たしか明後日の宇都宮でしたな」

流がポケットから取り出して、リーフレットを開いた。

「はい。午前と午後の二回、子どもたちにピアノ教室を開きます」

「お時間があるようやったら、松島でも見物なさったらどうですか。東北新幹線に乗らはったらすぐでっせ」

「そうなんですね」

弓子が目を輝かせた。

「まだまだ復興の途中ですけど、旨いもんもありますし是非。向こうで撮ってきた写真やら、旨い店の地図はここに入ってますさかい」

流れがデータカードを弓子の手に握らせた。

「ありがとうございます」

弓子はしばらく見つめた後、拝むようにして財布に仕舞いこんだ。

「松島てどの辺やったっけ」

こいしが腕組みをした。

「困ったやっちゃ」

流が苦笑いすると、弓子が頬をゆるめた。

正面通を西に向かって、弓子が歩き始めると、ひるねがひと声鳴いた。

「お気をつけて」

流が背中に声をかけると、弓子が振り向いて一礼した。


「松島て、そんなエエとこなん？」

店に戻るなり、こいしが流に訊いた。

「日本三景のひとつやさかいな」

流がテーブルを拭きながら答えた。

「うちも行ってこうかな」

「お前を待ってる人なんか誰もおらんぞ」

流が厨房の暖簾をくぐった。

「待ってる人……ひょっとして」

こいしが流を追いかけた。

「こんな鈍いことでは、まだまだヨメには行けんなぁ、掬子。もうしばらく面倒みてやらな、しゃあないわ」

流が仏壇に線香をあげた。

「食捜しはするけど、人捜しはせえへん、てお父ちゃん言うてたのにな」

こいしが流の横に座りこんだ。

「弓子さんも食を捜してはったし、わしも食を教えただけや。そこから先のことはしらん」

「お母ちゃん。やっぱりうちのお父ちゃんはええ人やな」

こいしが手を合わせた。

第四話　餃子

1

京都駅三一番線ホームに降り立った高坂修二《こうさかしゅうじ》は、その寒さに思わず肩をすくめた。列車に乗り込むとき、豊岡の駅には春のような陽射《ひざ》しが降り注ぎ、コートを脱いでキャリーバッグに仕舞い込んだほどだったのに。

ホームのベンチに腰掛け、高坂はバッグのジッパーを開けて、しわの寄ったコート

を引っ張り出した。

京都駅を出た高坂は烏丸通を北に歩き、七条通を越えたところで足を止めた。

「餃子《ギョーザ》チェーンの店はこんなところにもあるのか」

中華料理店の店先に置かれたメニューを一瞥《いちべつ》し、高坂は再びキャリーバッグの音を立て始めた。

大学入試を間近に控えたころ、妻の美沙子《みさこ》と初めて京都へ遊びに来て、最初に訪れたのが「東本願寺」だった。二十年近く前と同じように、門前に植わる銀杏《いちょう》の落ち葉が北風に舞い上がり、正面通へと流れていく。それに導かれるようにして高坂は、東へ身体《からだ》の向きを変えた。

二十年ほど前には、心を浮き立たせながら軽やかに歩いた道を、今は重い空気に押しつぶされるように歩く。目指す店がそんな重さを取り払ってくれるかもしれない。期待を胸に歩くうち、想像していた通りの建屋が目に入ってきた。

目指す店はここに違いないと思うと、急に迷いが出始めた。看板も無ければ暖簾《のれん》も出していない。万人を受け入れるような店でないことは承知していたものの、臆する気持ちはいやが上にも増す。

胸につかえる緊張感を吐き出し、迷いを吹っ切るように、大きく咳払いをして、高坂が引き戸を開けた。

「いらっしゃい」

明るい声で迎えたのは、鴨川こいしである。

「鴨川探偵事務所、いや、鴨川食堂はこちらやったですか」

後ろ手に戸を閉めながら、高坂が訊《たず》ねた。

「そうですけど、どちらにご用が？」

黒いソムリエエプロンを付けた、こいしが訊《き》いた。

「両方です」

高坂が無理やり笑顔を作った。

「お腹の具合はどないです？」

白衣姿の流が前掛けで手を拭いながら、厨房《ちゅうぼう》から出てきた。

「減ってます」

高坂が腹を押さえた。

「用意させてもらいますんで、しばらく待ってくださいや。なんぞ苦手なもんは？」

「特にありません」

コートを脱いだ高坂は、目で居場所を探した。

「どうぞこちらにおかけください」

こいしが赤いシートのパイプ椅子を奨《すす》めた。

「ありがとうございます」

キャリーバッグを横に寝かせて、高坂がパイプ椅子に腰かけた。

「うちのことはどこで？」

「『料理春秋』の広告を拝見して伺いました」

「よう場所が分からはりましたね」

「編集部の方にお尋ねして。料理も美味《おい》しいから食べるように、と教わりました。さっきの方が鴨川流さんですよね」

「ええ。うちは娘のこいしです。いちおう探偵事務所の所長ということになってます」

「それもお聞きしてます」

「どちらからお越しに？」

こいしが清水焼の急須を傾けた。

「豊岡てごぞんじですか。兵庫県の北のほうなんですが」

高坂が湯呑《ゆの》みを手に取った。

「コウノトリで有名なところですよね」

「そうです。他にはどんなイメージが？」

高坂がこいしに目を向けた。

「そうやねぇ。たしか夏にものすごく暑くなるんと違いました？」

「コウノトリとフェーン現象。やっぱりそんなところですか」

納得したように、高坂が茶をゆっくりと啜《すす》った。

「他に何かあったかなぁ」

こいしが天井を見上げた。

「これなんですけどね」

グレーのセーターをめくって、高坂が青いウェストポーチを指した。

「バッグ？」

こいしが首をかしげた。

「豊岡は昔からカバンの街として有名なはずなんですが」

高坂が肩をすくめた。

「すんません。何も知らんもんで」

こいしが、ちょこんと頭を下げた。

「謝ってもらうようなことじゃありませんよ。田舎というのは、そんなものですから」

高坂が茶を飲み干した。

「カバン屋さんなんですか？」

こいしが茶を注《つ》いだ。

「わたしは小さなビジネスホテルをやってます。家内の実家がバッグを作っていまして」

高坂がウェストポーチを叩《たた》いた。

「ええ色のバッグですね。紺に赤のラインが効いて、よう似合うたはります」

「そう見えますか。家内に対する義理で持っているだけなんですがね」

高坂は腰から外して、ポーチをテーブルに放り投げた。

やがて料理を載せた盆を持って、流が厨房から出てきた。

「えらく豪華な料理ですね」

高坂が盆を覗《のぞ》きこんだ。

「簡単に料理の説明をさせてもらいます」

テーブルに並べ終えて、流が姿勢を正した。

「立杭の大皿に盛ってあるのは、左上からノドグロの煮付け、その横が合鴨《あいがも》の岩塩焼き、蟹《かに》の甲羅に入ってるのはセコ蟹の身。土佐酢で和《あ》えてあります。その下はグジのフライ。柚子胡椒《ゆずこしょう》を付けて召し上がってください。ウロコは素揚げにしてます。その横の伊万里の小鉢は冬野菜の炊き合わせになってます。金時人参《きんときにんじん》、聖護院蕪《しょうごいんかぶら》、すぐき菜、赤ネギ。おでんふうに辛子をつけてもろても美味しおす」

「田舎ではお目にかかれんご馳走《ちそう》ですね。ちょっとお酒をいただこうかな」

「どないしましょ。寒い時期ですさかい燗《かん》もつけますけど、冷酒もあります」

こいしが訊いた。

「伏見のお酒はありますか」

「『月の桂』の〈にごり〉はどないです？　この時期ならではの酒ですけど」

「それをいただきます」

こいしと流が厨房に入っていった。

高坂は、ひとわたり料理を見回してから手を合わせた。

「遅うなってすみません。お酒置いときますよって、好きなだけ飲んでください」

四合瓶と唐津焼のぐい呑を置いて、こいしが厨房の暖簾をくぐった。

高坂が緑色の瓶を持って、キャップを開けると、プシュッと音がした。発酵中なのだろうか。

大ぶりの唐津焼に白く濁った酒をなみなみと注ぎ、すぐに口に運んだ。フルーティーな薫《かお》りが口から鼻に抜けてゆく。小さな泡が舌の上で弾《はじ》ける。冷えているのに、心が温まる。

「いい酒だ」

高坂がひとりごちた。

ぐい呑を置いて、まずは蟹身に箸を伸ばした。清冽《せいれつ》な旨《うま》みが口の中に広がる。土佐酢の加減もちょうどいい按配《あんばい》だ。酒を注いだ。海が薫ってくる。

合鴨の岩塩焼きは、添えてある刻み山葵《わさび》を巻いて食べる。嚙《か》みしめると肉汁が溢《あふ》れだし、そこに山葵の辛みがアクセントを付ける。これも酒が進む味だ。

グジをフライにして食べるのは初めてだ。柚子胡椒との相性もいい。ウロコはパリパリとした食感が小気味いい。

小規模なビジネスホテルだから、簡単な朝食しか提供していないが、それでもいちおうは飲食業である。あまりの違いに幾ばくかの反省も重ねながら、高坂は思いがけぬ美味を愉《たの》しんだ。

「お口に合うてますかいな」

流が高坂の後ろに立った。

「合うなんてもんじゃありません。とても美味しいです」

「よろしおした。ゆっくり食べてもろたらええんですけど、よかったらご飯をお持ちしようかと思いまして。今日は蒸し寿司《ずし》をご用意してます」

「蒸し寿司ですか。聞いてはいましたが、まだ食べたことがないんです。是非いただきます」

酒を注ぎながら、高坂が流に顔を向けた。

「もう五、六分したら蒸し上がりますんで、熱々をお持ちしますわ。それまでごゆっくり」

厨房に戻ってゆく流の背中を見ながら、高坂はぐい呑を傾けた。

五年ほど前、瀬戸内へ旅行したとき、妻の美沙子が、尾道《おのみち》名物の〈蒸し寿司〉を食べたいと言ったことを高坂は思い出していた。

温かい寿司など気持ちが悪いと言って、結局は店に入らなかった。その後は気まずい空気を引きずったまま、ロープウェイに乗った。美沙子は不機嫌そのもので、旅気分はまるで盛り上がらなかった。夫婦関係がぎくしゃくしだしたのはあの旅行からだった。苦い思い出を嚙みしめながら料理を待った。

「お待たせしましたな」

蓋付き茶碗《ちゃわん》と汁椀《しるわん》を載せた盆を、流がテーブルに置いた。

「これが蒸し寿司ですか」

尾道の店のショーケースにあったのは蒸籠《せいろ》だったことを思い出して、高坂はいくらか拍子抜けした。

「見たとこは熱そうに見えまへんやろけど、器にさわったら火傷《やけど》しまっさかいに、気い付けとうくれやっしゃ」

そう言って、流が金襴《きんらん》柄の茶碗の蓋を布巾で包んで外した。

流の言葉どおり、もうもうと湯気が上り、すし酢の甘酸っぱい薫りが高坂の鼻先をかすめた。

「薄ぅに葛《くず》をひいた豆腐のすましも熱おっせ。どうぞゆっくり召し上がっとうくれやす」

「今日のような寒い日には何よりのご馳走ですね」

蒸し寿司を見る高坂の目は輝いている。

「後で番茶をお持ちします」

盆を小脇に挟んで、流が背中を向けた。

言われると触ってみたくなるのが人情とばかり、高坂はそっと茶碗の縁を触ったが、あまりに熱く、思わず耳たぶに指を当てた。

酢飯の上に錦糸《きんし》玉子が散らされ、焼穴子や蒸し海老《えび》、煮た椎茸《しいたけ》、銀杏《ぎんなん》、青豆が載っている。桃色はデンブだろうか。

器に手を触れないよう注意しながら、箸で蒸し寿司を掬《すく》い、口に運んだ。

どうすれば、これほど高い温度を保てるのかと思うほどに熱い。唇を丸くして熱気を吐き出しながら嚙む。

酢飯の中にも刻んだ穴子がたっぷりと入っていて、旨みが口中に広がる。なるほど、たしかにこの熱さが寿司を旨くしている。こんな寿司だったら、あのとき美沙子にしたがっておけばよかった。時折むせそうになりながら、高坂は半分ほども食べ進み、汁椀に目を留めた。

棗《なつめ》形の小吸椀は螺鈿《らでん》細工が施してあり、滑らかな手触りは如何《いか》にも高級漆器といったふうだ。

椀を手に持ち、蓋を取ると、爽やかな薫りが立ち上った。

「柚子かな」

高坂が黄色い吸口を舌に載せると、かすかな苦みが残った。

しばらく手をつけずに置いていたのに、吸物も熱々のままである。

「ゆっくり召し上がってくださいや」

益子焼《ましこやき》の土瓶と砥部焼《とべやき》の湯呑みをテーブルに置いて、流が立ち去ろうとした。

「ひとつお訊きしたいのですが」

高坂が背中に声をかけた。

「何ですやろ」

流が振り向いた。

「以前は刑事さんをなさってたと聞いたのですが、料理はどこで修業されたんですか」

「そんな話、どこでお聞きになったんです?」

「『料理春秋』の大道寺さんから」

「茜のヤツ、余計なこと言いおってからに」

流が苦笑いした。

「失礼な言い方になるかもしれませんが、元刑事さんがこれほど素晴らしい料理をお作りになるには、よほど厳しい修業をなさったのではないかと思いまして」

「修業といえるようなことは何もしてまへん。見よう見まねで作ってるだけですわ」

「またご謙遜《けんそん》を」

「ホンマのことですがな。けど、なんでそんなことをお知りになりたいんです？」

「田舎街で小さなビジネスホテルをやってましてね。今は簡単な朝食を出しているだけですが、いずれは、ちゃんとした料理を出したいと思っているんです。元刑事さんでも、と言えば失礼ですが、修業すれば、わたしでもこんな料理を作れるようになれるかなと」

「料理だけやのうて何でもそうですけど、好きこそものの上手なれ、と違いますかな。好きで作ってるうちに、だんだん人さんに出しても恥ずかしないもんができるようになります」

「好き、ですか。そう言われると自信がないです。昔からわたしは、自分が何を好きなのか、よく分からないところがあるもので」

高坂が宙に目を遊ばせている。

「そんだけ恵まれたはるということですやろ。食事が終わられたら、娘がお話を伺いますので、また声をかけてください」

言いおいて、流が厨房に戻っていった。

胸の中に靄《もや》が広がったまま、高坂はようやく冷めはじめた蒸し寿司を黙々と食べつづけた。

尾道の蒸し寿司もこんな味だったのだろうか。なぜあのとき頑《かたく》なに拒んだのか、思い出そうとして、答えが見つからない。ただただ逆らいたかっただけのようにも思う。

ひと粒のご飯も残さず、きれいにさらえた。

箸を置いた気配を察したのか、流がふたたび姿を現した。

「そろそろご案内しまひょか」

「お願いします」

テーブルに手をついて、高坂が立ちあがった。

先に歩く流の後を追って、高坂が歩を進める。細長い渡り廊下に差しかかって、その歩みが止まった。

高坂は、廊下の両側の壁にびっしりと貼られた写真に見入っている。

「この料理は？」

「わしが作った料理です。メモ代わりですわ」

素っ気なく答えて、流は前を向いて歩く。左右に目を走らせながら、高坂はそれに続いた。

鰻の寝床とはうまく言ったものだ。間口に比べて、奥に細長く続く空間はまさしくそんなふうだ。庭の見える奥の部屋で待っていたのは、黒いパンツスーツに着替えたこいしだった。

「ご面倒やと思いますけど、こちらに記入してもらえますか」

ローテーブルを挟んで、向かい合うソファに腰かけるとすぐ、こいしがバインダーを差しだした。

「宿帳みたいですね」

笑みを浮かべて、高坂がバインダーを膝の上においた。

住所、氏名、年齢、生年月日と、よどみなく書いた高坂の手が、家族構成のところで止まった。

「書き辛《づら》いことがあったら、飛ばしてもろてもええんですよ」

すかさず、こいしが声をかけた。

「別に書き辛いというようなことではないのですが」

誰に言うでもなく、高坂が小声で言った。

ひととおり書き終えて、こいしにバインダーを手渡すと、高坂は小さくひとつ咳ばらいをした。

「高坂修二さん。どんな食をお捜しなんですか」

ノートを広げて、こいしがボールペンを構えた。

「餃子なんです」

「どんな餃子ですか」

「普通の餃子です」

「取り付く島もないな」

こいしがぼそりとつぶやいた。

「すみません。本当にありきたりの餃子なんです。少し辛みがあって、具がシャキシャキしていたくらいで」

高坂が肩を縮めた。

「謝ってもらわんでもええんですよ。それを捜すのがうちらの仕事ですし。いつ、どこで食べはったのか、聞かせてもらえます?」

「二十歳すぎのことですから、十五年以上も前のことですが。長野県の美《うつくし》ヶ原《はら》温泉にある旅館で食べた餃子です」

「旅館の食事に餃子が出たんですか?」

こいしが目をむいた。

「そうではありません。一から説明しないと分かりませんよね」

高坂が座りなおして、いくらか前屈《まえかが》みになった。

「旅館で餃子は出ませんわね」

こいしが口の端で笑った。

「わたしは大阪の大学に入りましてね、家業を継ぐために観光学を学んでおりました。その同じゼミに居た、信州の旅館の娘さんと付き合うようになりました」

こいしは無言でペンを走らせている。ひと息ついて、高坂が続ける。

「大学に入ってしばらくしたころに付き合い始めたのですが、わたしには豊岡に別の女性が居ました。結婚の約束をした幼なじみの女性です」

「ふた股《また》かけてはったということですね」

こいしの表情がいくぶん険しくなった。

「そういうつもりではなかったのですが、結果的にはそうなりますね」

「同時進行の恋愛やったんですか」

「恋愛といえるかどうか、微妙なものがありました。幼なじみの美沙子とは、子どものころから結婚するものだと互いに思い込んでいましたし、恋愛感情とはまた別の気持ちでした」

「ということは、その信州の旅館のお嬢さんに恋してはったんですね」

「そうなりますね」

高坂が軽く答えた。

「大学に行ってはる四年間、ずっとその状態やったんですか？」

「ええ。稲田友梨《いなだゆり》とは毎日のように顔を合わせていましたし、いわゆる恋人といえる間柄でした。夏と冬の二回、友梨が帰省するときには、わたしも一緒に信州に行って、友梨の実家の旅館に泊まらせてもらっていました。豊岡には年に数回帰っていましたが、そのときはもちろん美沙子と会って、将来のことなんかを話し合ってました」

「完璧にふた股ですやん。女として言わしてもろたら、ずるい人やと思います」

こいしが小鼻をふくらませた。

「ずるいと言われても仕方ないでしょうね。友梨には美沙子のことを言わなければいけないと思いながら、ずっと言い出せずにいました。友梨のご両親は、わたしと友梨が結婚するものと思い込んでらしたみたいで」

時たま、ため息は漏らすものの、淡々とした調子で高坂は昔のことを語り、こいしの機嫌は少しずつそこねられていった。

「ひどい話やわ」

「そう言われてもしかたがないと思いますが、流れにまかせたかったんです」

「優柔不断て、こういうときのためにある言葉や」

こいしが吐き捨てるように言った。

「いよいよ大学を卒業することになって、最後の講義が終わった教室で、わたしは思い切って友梨に美沙子のことを話したんです。わたしには、結婚を約束した女性がいると。そうしたら……」

「どうしはったんです？」

こいしが前のめりになった。

「何も言わずに出ていってしまい、そのまま実家に帰ってしまいました」

「わかるわ。けど、うちやったら出て行く前に、頰っぺた二、三回引っぱたかんとおさまらへん」

「友梨はやさしい女性でしたから」

「そのやさしさにつけこんで、て、すいません。きついこと言うて」

こいしが小さく頭を下げた。

「結局、友梨はそのまま姿を見せず終《じま》いで、卒業式にも出席しませんでした。わたしはご両親にもお詫びをしなければと思って、卒業式の後、急いで友梨の実家を訪ねました」

「怒られはったでしょう」

「いいえ。友梨はなにも話していなかったようで、理由も言わずにヨーロッパへ旅立ったということでした。とにかくわたしは謝るしかありませんでした。事情を話して、ひたすら詫びて……。我が子同然の付き合いをしてもらっていたので、本当に辛かったです」

高坂が両肩を落として続ける。

「オヤジさんに殴られてもしょうがないだろうと覚悟して行ったのですが、いつもどおり、本当にやさしくしてもらって、それが余計に……」

「ええ人たちなんやね」

「ひょっとして友梨が帰ってくるんじゃないかと思っているうちに終電がなくなってしまって、結局その日も泊めてもらいました」

「厚かましい」

言い終えないうちに、こいしは手のひらで口を押さえた。

「そんな厚かましい男に、次の日のお昼にご馳走していただいたのが、捜してほしい餃子なんです」

「そういうことやったんですか」

「何度も泊めてもらって、いろんな料理をご馳走になったのですが、餃子は初めてでしたので、ちょっと驚いたのを覚えています」

「友梨さんが餃子好きやったとか」

「いえ、逆です。四年間の間に数えきれないほど一緒に食事をしましたが、友梨が餃子を食べたのは見たことがありません。ラーメン屋さんで注文しても、友梨は手を付けませんでしたし、きっと嫌いなのだろうと思っていました」

「信州と餃子。何か関係あるんやろか」

こいしが餃子のイラストをノートに描いた。

「何度も、何度も、気にしなくていいから、気にしなくていいから、とオヤジさんが言ってくれて。友梨のことはいいから、修二さんは幸せになりなさいね、とおかあさんも言ってくれて」

高坂の瞳がわずかに光った。

「ありがたいことやねぇ」

こいしが鼻を赤くした。

「辛かったです」

高坂が床に目を落とした。

「けど、なんで今になってその餃子を探そうと思わはったんです？」

「毎日味気ない日が続いていましてね。家の中が息苦しいんですよ」

「奥さんとうまいことといってへんとか？」

「子どものころから数えると、三十年以上も一緒ですから、お互いに飽きるんですよ」

「飽きるやなんて」

こいしが眉をひそめた。

「きっとあなたも結婚されたら分かると思いますよ」

高坂が薄く笑った。

「分かりとうありません」

こいしが両頬を膨らませた。

「惰性で毎日を送っていて、ふと思い出したんです。あのときの餃子を」

高坂が遠い目をした。

「ひょっとして、友梨さんとよりを戻そうと思うてはるんやないでしょうね」

こいしが眉をつり上げた。

「まさか。友梨はきっと僕のことなんか、とうに忘れているでしょう」

「女てね、心底恋した人のことは忘れへんもんですよ」

「そんなものですかね」

高坂が瞳を輝かせたことに気付いたこいしは、喉の奥から苦いものがこみ上げてくるのを感じた。

「その餃子をもう一回食べて、どないしようと思うてはるんです？」

「別にどうこうしようとは思っていません。ただ食べたいだけで」

こいしに見つめられて、高坂が目をそらせた。

「わかりました。とにかく探してみます」

大きなため息をついてから、こいしが乱暴にノートを閉じた。


「あんじょうお聞きしたんか」

流がカウンター席から立ちあがった。

「長々とお話しさせていただきました」

立ちどまって高坂が一礼した。

「せや。だいじなこと忘れてた。その餃子を出してくれはったんは、何ていう旅館です？」

こいしがカウンターにノートを広げた。

「美ヶ原温泉の『旅荘いなだ』です」

「今でも旅館をやってはりますよね」

「さあ、どうでしょう。あれ以来、連絡をとったこともありませんので」

高坂が首をかしげた。

「餃子を出す旅館？」

流が高坂とこいしの顔を交互に見た。

「後でちゃんと説明するさかい」

こいしの言葉に、流は小さくうなずいた。

「結果はいつごろ分かりますか」

「二週間後くらいにお越しいただけますかな。それまでに見つかれば、ですが」

高坂の問いに流が答えた。

「承知しました。愉しみに待っております」

「携帯のほうに連絡させてもらいます」

こいしが電話番号を確認した。

「そうそう、今日のお代を」

高坂がウエストポーチのジッパーを開けた。

「探偵料と一緒に頂戴《ちょうだい》しますので」

こいしの言葉にうなずいて、高坂はジッパーを閉めなおした。

「旅館で餃子て何のこっちゃねん。ややこしい話か?」

高坂を送りだして、流がパイプ椅子にこしかけた。

「ややこしいて言うたら、ややこしい話やけど、その旅館の関係者さえ見つかったら、そない難しい話と違うと思うわ。お父ちゃんやったら、簡単に捜しだせるんと違うかな」

こいしがテーブルにノートを広げた。

「今まで、簡単やったことがあるか。そんな容易《たやす》う見つけられるもんやったら、わしとこに頼みにきたりはしはらん」

仏頂面をして、流がノートを繰った。

「そらそうやけど」

むくれ顔をして、こいしが茶を淹《い》れている。

「なんや、えらい機嫌悪いやないか」

「話聞いてるうちにむかむかしてきたんや。仕事やさかい、しょうがないと思うけど。あんまりな話なんよ」

こいしが勢いよく茶を注ぐと、湯呑みから溢れ出した。

「お茶にあたっても、しゃあないやないか。お前の言うとおり。頼まれたもんを捜すのがわしらの仕事や」

「そう思うてはいるんやけど、あんなあかんたれの人の捜しもんなんか……」

「こいし、それを言うたらあかん。なんべんも言うてるやろ。頼んできはった人がどんな人やとかは関係ない。頼まれもんさえ捜したらええんや」

唇を尖《とが》らせたまま、こいしは黙りこんでいる。

「とにかく信州へ行ってくるわ。お前も一緒に行くか？　蕎麦《そば》の旨い店があるんやで」

「うちは行かへん。お父ちゃんひとりで捜してきて」

こいしがぷいと横を向いた。

2

三週間前とは明らかに陽射しが違う。いくぶん春めいた風を頰に受けて、高坂は慣れた足取りで正面通を東に向かって歩いていた。

『鴨川食堂』の前で立ちどまった高坂は、屈みこんでトラ猫の頭を撫《な》でた。

「どこから来たんだい」

寝そべったままのトラ猫は目を閉じて、小さく鳴いた。

「いちおう、うちの飼い猫なんですよ。お父ちゃんが絶対店には入れてくれへんのですけど」

店から出てきたこいしが、高坂を見下ろした。

「そうなんですか。眠ってるみたいですね」

「いつも眠そうにしてるさかい、ひるねていう名前付けたんです」

「ひるねちゃん、また後でね」

高坂が立ちあがって、手をはらった。

「連絡が遅うなって申し訳なかったですな」

引き戸を開けて、流が高坂を迎えた。

「いえいえ。急ぐことではありませんので。梅の花見をかねることができて、ちょうどよかったです」

高坂が白いブルゾンを脱いだ。

「北野さんですか？」

こいしはテーブルを拭く手を止めた。

「ええ。北野天満宮の梅園を歩いてきました。梅の薫りがまだ鼻に残っています」

ウェストポーチを外して、高坂がパイプ椅子に座った。

「なんとか捜しだして来ました。これから焼かせてもらいますんで、しばらく待ってくださいや」

そう言って、流が厨房に入っていった。

「いつもは、お約束どおりに二週間で捜しだして再現しはるんですけど、今回はえらい苦労してはって、一回帰ってきて、また信州へ行ってきはったんですよ」

こいしの口調は少しばかり恩着せがましい。

「そうでしたか。ご苦労をおかけしました」

　高坂が小さく頭を下げた。

「ええんですよ。お父ちゃんは難題ほど燃えはるんで」

　こいしが鼻先で笑った。

「そう言っていただけると少しは気が楽になります」

「お飲みものはどないしましょ。ビールでもお出ししましょか」

「いえ、ちゃんと味わって食べないといけませんから、お茶にしておきます」

「そうやね。ほな、お番茶を淹れますわ」

　デコラのテーブルに、白いランチョンマットを敷いて、こいしが厨房に向かった。

　その厨房からは、香ばしい薫りが、爆《は》ぜるような音と一緒に漂ってきた。餃子を焼き始めたという印なのだろう。高坂は胸を膨らませて料理を待った。

「お待たせしました。たぶんこんな感じで出てきたと思います」

　赤い花柄に縁取りされた丸い洋皿を、流がランチョンマットの真ん中に置いた。

「そうです。こんな感じでした。この匂いも同じだったような気がします」

　高坂が皿の上の餃子に鼻先を近づけた。

「酢醤油《すじょうゆ》は小皿やのうて、こんなボウルに入ってましたやろ」

「はい。テーブルを囲んで、みんながこのひとつのボウルの酢醬油に付けて食べてました」

「やっぱりそうでしたか。餃子ももっと大きな皿に、たくさん盛り付けてあったと思いますが、今日はおひとりやさかい、小ぶりにさせてもろてます」

レトロな丸い洋皿には、二十個ほどの餃子が無造作に盛り付けてあって、五個ずつがくっついている。高坂の記憶にある餃子と同じだ。

「どうぞゆっくり召し上がってください」

流が高坂に背中を向けると、こいしが有田焼の土瓶と湯呑みをテーブルに置いた。

しばらくは箸をつけることができず、身じろぎひとつせず、じっと餃子を見つめていた高坂が、やっとの思いで箸を伸ばしたときには、既に餃子は冷めはじめていた。

ボウルの酢醬油にどぶんと付けて、小さな餃子を口に運んだ。しっかりと焼き色の付いた皮のもちもちとした食感、シャリシャリとした餡《あん》の歯ごたえ、三十年も前に食べたあの餃子と同じ味わいだ。

高坂は淡々と餃子を食べ続けた。最初に辛みがきて、しばらくすると、それが苦みに変わる。おぼろげな記憶ながら、当時も同じだったたような気がする。

「お味はどないです？　合うてましたかいな」

流が高坂の横に立った。

「ええ。何しろ古い記憶ですから、さだかではありませんが、たしかにこんな味だったと思います」

「よろしおした。わしも味見しながら作りましたけど、なかなか旨い餃子ですわ」

流がホッとしたように、頰をゆるめた。

「ずいぶんご面倒をおかけしたようで、申し訳ありませんでした」

高坂が中腰になった。

「これが仕事ですさかいに」

「どうやってこれを見つけられたんでしょう」

高坂がハンカチで口を拭った。

「座らせてもろても、よろしいかいな」

「どうぞ」

流と高坂が向かい合った。

「ご承知やと思いますけど、『旅荘いなだ』は廃業してはりました。この前お越しになったときに、旅館を続けているかどうか分からん、とおっしゃってましたが、インターネットが発達している時代やさかい、そんなことはすぐに分かるはずです」

「すみませんでした。もちろん廃業したことは承知していましたが、そう言ってしまうと、捜してもらえないのではないかと」

高坂が薄笑いを浮かべた。

「まぁ、そんなことはよろしい。とにかく周りで訊くしかない。温泉街にある旅館を片っ端から訪ねて、訊いてまわったんですが、『旅荘いなだ』のことは皆覚えてはりましたし、あれこれ教えてくれはりました。けど、餃子のことをご存知のかたは、まったくおられませんのや」

「そりゃ、そうでしょうね。お客さんに出したりはしてなかったでしょうから」

「一回京都に戻って、出直しても同じことの繰り返しで。ちょっと途方に暮れとったんですが、帰る前にもう一軒だけと思うて、民芸風の旅館に入りましたら、偶然にも『旅荘いなだ』の下足番をしてたという男衆さんにお会いできたんですわ」

「下足番……。ひょっとしてスギさん？」

「よう覚えてはりましたな。そのスギさんです。今は『旅館はなおか』の帳場におられまして。そのスギさんから、餃子のこともお聞きしました」

「スギさん、お元気だったんですか」

高坂が目を細めた。

「八十五にならはるそうです。おみ足を悪うなさったらしいて、動きまわったりはできんようですが、帳場に座って、すっかり『旅館はなおか』の顔になってはりました」

流がテーブルに写真を置いた。

「面影があります」

手に取った写真を高坂がじっと見つめている。

「『旅荘いなだ』の稲田さんと『旅館はなおか』の花岡《はなおか》さんは、古くからのお友達やったそうで、『旅荘いなだ』を廃業されるときに、何人かの従業員を引き受けはりました。大方の人は辞めてしまわはったようで、今はスギさんひとりやと言うてはりました」

「そうだったんですか。それで稲田さんは……」

高坂が上目遣いになった。

「残念ながら、ご主人も女将《おかみ》さんも、廃業してしばらく経《た》ったころに、亡くならはったそうです」

流の言葉に、高坂は無言でうなずいた。

「それで、肝心のこの餃子ですけどな」

「たしか、あのとき、スギさんも一緒に餃子を食べたような……」

写真を持ったまま、高坂が天井を見あげた。

「この餃子は『旅荘いなだ』の名物なんやそうです」

「名物？」

高坂が目を見開いた。

「お客さんやのうて、従業員の間での名物。まかない料理の中で一番人気やったんが、この餃子やそうです」

「そりゃそうでしょうね。こんなに美味しいんだから」

「旅館っちゅうところは、従業員の出入りが激しいんやそうですな。短い間で辞めていく人も少なくない、という話です」

「うちみたいなビジネスホテルでもそうです。キツイ仕事ですから、長く続かないんですよ」

「まかないで出してはったこの餃子。勤めてはった人が辞めはる前の日には、必ず食べさせてあげはるんやそうです。最後の思い出に、ということでしょうな」

「……」

高坂は無言で餃子を見つめている。

「美ヶ原温泉の北のほうに、安曇野《あずみの》というとこがありましてな。山葵が名物なんですわ。その山葵の茎と葉っぱを塩漬けにしたのを刻んで、餃子の餡に入れるのが稲田流やそうです」

「それであの苦みというか、辛みが」

「塩漬けにしたあるさかい、生の山葵みたいな、ツンとくる辛さはおへんけど、味が引き締まって、旨い餃子になります。歯ごたえもよろしいしな」

「そんないわれがあったとは」

　高坂が冷めた餃子を口に入れた。

「お茶、熱いのと差し替えますわね」

　こいしが益子焼の土瓶を持ってきた。

「宿商売というのは、勤めてはる人らは皆家族同然の付き合いをしてはるんですてな」

「うちのようなビジネスホテルでもそうですね。一緒にいる時間が長いですから」

　高坂が箸を置いた。

「皆さん、別れを惜しみながらこの餃子を食べてはったんやそうです。そやからでしょう、いつの間にか〈なみだ餃子〉と呼ばれるようになったらしいですわ」

流が皿に残った餃子を見つめた。

「〈なみだ餃子〉、ですか」

高坂が湯呑みを持ったまま、流と視線を絡ませた。

「わしにも女房が居ましてな、拗子て言うんですわ。こんなブ男ですさかい、高坂はんのように他に好きな女性が居たわけやおへんけど、最期を看取《みと》ってやることができしませんでしたんや。そら悔いが残りまっせ。長年連れ添うて来て、あの世に旅立つとこを見送ってやれなんだんですさかいな」

流の言葉に、こいしは大きくうなずくが、高坂は話の流れが読めずにいる。

「わたしが、電話してお父ちゃんを呼ぶ、て言うたんですけど、息も絶え絶えになりながら、お母ちゃんは、絶対アカン、お父ちゃんの仕事の邪魔したらアカン、て、怒鳴らはった。それが最期でした」

「夫婦っちゅうのは不思議なもんですなぁ。赤の他人どうしやのに、親子兄弟以上に気持ちが通じるようになる。どんな隠し事をしとっても、すぐに見透かされる」

流の言葉に、こいしはまた大きくうなずいたが、高坂は押し黙ったままだ。

「お聞きになりたいことが他にもあるのと違います？」

こいしの言葉をさえぎるように、流が立ちあがった。

「もう、すべてお話しさせてもろた。言い残したことはない。それでよろしいですな」

流が高坂に顔を向けた。

「はい。ありがとうございました」

高坂も立ちあがって、ふたりに一礼した。

「よろしおした」

流が高坂の目をまっすぐに見つめた。

「ほんまにええんですか」

おそるおそるといったふうに、こいしが訊く。

「大丈夫です」

高坂が力強く答えた。

「わしなんか後悔だらけの人生ですわ。あのとき、あーしといたらよかった。あっちやのうて、こっちの道を選んどいたらよかった、て。けど、哀《かな》しいかな、昔には戻れまへんのや」

「何から何までありがとうございます。先日ご馳走になった分と併せて、探偵料のお支払いを」

高坂がウェストポーチから財布を取り出した。

「お気持ちに見合う分を、こちらに振り込んでいただけますか」

こいしがメモ用紙を手渡した。

「承知しました。すぐに手配いたします」

高坂はメモ用紙を財布に仕舞い、白いブルゾンを着込んだ。

「これも、言うたら飛梅ですかな」

ブルゾンの肩に付いていた梅の花びらを流が手にとった。

「北野から付いてきたんですかね」

高坂が流の指先を見た。

「東風《こち》ふかば　にほひおこせよ　梅の花　あるじなしとて　春なわすれそ、やったっけ」

こいしが諳《そら》んじた。

「思いというもんは強いもんですけど、はかないもんでもありますなぁ」

流が指先に息を吹きかけると、梅の花びらが宙を舞った。

「ひるねちゃん、また来るからね」

屈みこんで、高坂がひるねの顎をなでた。

「豊岡はまだ寒いんですか」

こいしが並んだ。

「こちらに比べるとまだまだ寒いですが、それでも春の兆しが見えてきました」

「餃子のレシピを、いちおうお渡ししておきます」

流が封筒を手渡した。

「ありがとうございます。作ることはないと思いますが」

苦笑いして高坂が立ちあがった。

「どうぞお気をつけて」

「ありがとうございます。皆さんもお元気で」

小さく会釈して、高坂が西に向かって歩き始めると、ひるねがひと声鳴いた。


「お父ちゃん」

高坂の姿が見えなくなると、こいしが声をかけた。

「なんや」

「よかったな」

「何がや」

「何がて、高坂さん、すっかり友梨さんのことをあきらめて、奥さんと仲良う暮らしていこうと思わはったみたいやし」

「そら、どうか分からんで。友梨さんはまだ独身らしいさかい」

「え？　そう思うてお母ちゃんの話したんと違うの？」

「わしの仕事は頼まれた食を捜すことだけや。そっから先のことまではしらん」

流が先に店に入り、こいしが後に続いた。

「今夜は浩さん呼んで餃子大会するで」

「ホンマ？」

こいしが目を輝かせた。

「餃子は大勢で食べたほうが旨いさかいな」

「お父ちゃん、ひょっとして、浩さん……」

こいしが泣き顔になった。

「うちには〈なみだ餃子〉はあらへん。なぁ掬子」

仏壇の前に座って、流が線香をあげた。

「よかったぁ。うちのは〈しあわせ餃子〉にしよな」

こいしが流の背中をはたいた。

「そういうこっちゃさかい、掬子、あんじょうたのむわ」

顔をしかめて、流が手を合わせた。

第五話　オムライス

1

京都駅を八条口から出た城島孝之《じょうじまたかゆき》はタクシー乗り場へ急いだ。

「ここへ行きたいんだが」

乗り込むなりタクシーの運転手に地図を見せた。

「仏壇屋はんでっか？」

老眼鏡をかけて、運転手が訊《き》いた。

「『鴨川食堂』というお店だけど」

「こんなとこに食堂てあったかいな。とにかく行ってみますわ」

老眼鏡を外して、運転手がハンドルを握った。

孝之の脳裏に山紫水明という言葉が浮かんだ。高架から見上げる東山は春霞《はるがすみ》に包まれて紫色に染まっている。鴨川も澄みわたっているのだろうか。

「頼山陽。結局試験には出なかったな」

孝之は二十五年ほども前の大学入試を思い出していた。

黒いタクシーは、ＪＲの線路をまたぎ、京都タワーを横目に、烏丸通を北上し『東本願寺』の前に出た。

「正面通は西行の一方通行でっさかい、こっちから回りこみますわ」

右折のウィンカーを点《つ》けて、運転手が孝之を振り向いた。

二度左折して正面通に出ると、運転手は速度を落とした。

「たぶん、ここだと思う。停《と》めてください」

正面通の南側を見ていた孝之が声をかけた。

「食堂には見えしませんけどな」

ブレーキを踏んで、運転手が不審そうに言った。

「ここでいいんだ。食堂に見えない食堂だと聞いているから」

孝之が千円札を渡した。

古びた二階家。グレーのモルタル造。看板も暖簾《のれん》もなし。聞いていたとおりの佇《たたず》まいだ。孝之はグレーのコートを脱いで、引き戸を引いた。

「いらっしゃい」

黒いソムリエエプロンを着けた鴨川こいしが孝之を迎えた。

「こちらは『鴨川食堂』でしょうか」

「ええ。お食事ですか？」

「食を捜してほしくて伺ったのですが」

「そっちのお客さん……。あの広告を見はったんですか？」

「広告？　なんのことです？」

「『料理春秋』の広告を見て来はったんやないんですか？」

「こちらのことを伊達《だて》くんに教えてもらって来たんです」

「伊達？　誰のことやろう」

「伊達久彦《ひさひこ》さんのご紹介ですか」

白衣姿の流が厨房から出てきた。

「はい。わたしは城島孝之ともうします」

孝之が名刺を差しだした。

「わしは鴨川流、これは探偵事務所をやっとる、娘のこいしですわ」

流が紹介すると、こいしがぺこりと頭をさげた。

「伊達さんて、ひょっとして、あのダテヒコさん？」

「ええ。伊達はグループ会社の会長なんです。歳《とし》は彼のほうが下なので、くん付けで呼んでくれと言われて、上司におそれ多いのですが、伊達くんと呼ばせてもらっています」

「元気にしたはりますか？」

こいしが訊いた。

「元気すぎますね」

孝之が苦笑いした。

「何よりです」

流が顔を丸くした。

「お母さんを引き取って、東京で一緒に暮らしていることを鴨川さんに伝えてくれ、と言付かってきました」

孝之はブリーフケースから、一葉の写真を取り出して流に手渡した。

皇居前広場だろうか。伊達久彦と車いすに座る母親が満面の笑みを浮かべている。

「よろしおした」

目を細めて、流が写真を返した。

「伊達くんから聞いてきたのですが、美味《おい》しいものを食べさせていただけるとか」

写真を仕舞いこんで、孝之が流に顔を向けた。

「初めての方にはおまかせを食べてもろてますんやが、それでよかったら」

「もちろんです。よろしくお願いします」

「すぐに用意しますさかい、ちょっと待っとぉくれやっしゃ」

白い帽子をかぶり直した流が厨房《ちゅうぼう》に戻っていった。

「愉《たの》しみだなぁ」

孝之がコートをフックに掛けた。

「ダテフードサービス取締役て、食べものの会社にお勤めなんですか」

名刺を見ながら、こいしが茶を淹《い》れた。

「居酒屋がメインの外食産業です。『いだてん』という居酒屋をご存知ないですか」

孝之が湯呑《ゆの》みに口をつけた。

「行ったことあります。安くて美味しい店ですよね。あそこもダテヒコさんのお店やったんですか。知らんかった。そうそう、お酒はどうしはります？」

「お料理を拝見してから考えます」

孝之が白い歯を見せた。

「大したお酒はありませんけど、お父ちゃんもわたしも呑み助やから、いろいろありますし言うてくださいね」

「ありがとうございます。わたしも嫌いなほうじゃないので」

孝之が指で杯を真似《まね》た。

「えらいお待たせしましたな」

銀盆の上に大きな竹籠を載せて、流が厨房から出てきた。

「お花見にはちょっと早おすけど、花見弁当ふうにしつらえました」

孝之の前に竹籠を置いて流が蓋を取った。

「これはまた華やかな」

孝之が大きく目を見開いた。

「いちおう説明させてもらいますと、左の上の串は花見団子ふうに、海老《えび》の真薯《しんじょ》、姫《ひめ》胡瓜《きゅうり》、うずら団子を柳の枝に刺しとります。その隣の厚焼き玉子は江戸前の寿司《すし》屋と同じ甘いカステラ。海老のすり身を入れて焼いてます。その右は鰆《さわら》の西京焼き、その下の小鉢は野菜の炊き合わせです。小芋、金時人参《きんときにんじん》、かぼちゃ、蓮根《れんこん》、聖護院かぶらを盛っとります。真ん中の懐紙に載ってるのは山菜のフライ。コゴミ、フキノトウ、モミジガサ、タラノメ、ヨモギです。抹茶塩を付けてもよろしいし、小さい壺《つぼ》に入ってるウスターソースでも美味しおす。その左隣の青笹《あおざさ》に包んであるのは桜鯛《さくらだい》の押し寿司、その横の小鉢は近江牛の湯引き。ポン酢のジュレを載せて召し上がってください。ご飯とお汁は後からお持ちします。どうぞゆっくり召し上がってくださいお酒はどないです?」

「いやぁ、これほどの料理を前にして、飲まずに済ませるわけにはいきませんよ。やっぱり日本酒でしょうね」

「肌寒いような、ちょっと蒸すような、ややこしい気候ですさかい、燗《かん》をつけるかどうか、迷いますなぁ」

「常温でいただきます。銘柄はおまかせしますので」

「それがよろしいやろな。いくつか持ってきますわ」

流が小走りで厨房に向かった。

「お強いんですやろね。常温の日本酒を好まはる方は、たいてい大酒飲みですわ。うちのおじいちゃんみたいに」

こいしが肩をすくめた。

「否定はしません。飲み始めると止められないほうでして」

孝之も同じようなしぐさをした。

「高知の『酔鯨』、福島の『笹の川』、青森の『田酒』、静岡の『磯自慢』。ぜんぶ純米ですわ。京都の酒もありますけど、常温でお奨《すす》めしたいのは、このあたりです」

四本の一升瓶を抱えてきた流がテーブルに置いた。

「シブいセレクトですね。順番に飲みたいような」

孝之が腕組みをした。

「置いときますさかい、好きに飲んでください」

とりどりのぐい呑《のみ》を竹籠の横に置いた。

「伊達くんの言ったとおりだ。これだけで来た甲斐《かい》があります」

孝之が『磯自慢』の瓶から、酒をぐい呑に注いだ。

「お口に合うたらええんですが」

言い置いて、流がこいしと一緒に厨房に入っていった。

穴が開くほど、というのは、こういうことを言うのだろう。孝之は竹籠の中を隅から隅まで、舌なめずりしながら、じっくりと眺めまわしている。

大ぶりのぐい吞を一気に飲みほした孝之が、最初に箸をつけたのは厚焼き玉子だった。

ふわりと香ばしく焼かれた玉子は、甘いカステラふうで孝之の好みにぴたりと合った。

柳の枝に刺した団子をひとつずつ外し、ぽいと口に放りこむ。海老は甘く、塩をした胡瓜は青く、くだいた骨も混ぜ込んだうずら団子は濃密に旨《うま》い。

孝之は伊賀焼のぐい吞に『笹の川』をなみなみと注いだ。

フキノトウのフライに指で抹茶塩をふり、口に入れた。パリパリと嚙《か》みしめて、酒をあおる。タラノメはソースをたっぷりとつけて舌に載せた。少し迷った末に『酔鯨』を注いで、そのまま一気に飲み干した。

とにかく早く酔ってしまいたい。それがいつもの孝之の習性だった。

「どないです。お口に合うてますかいな」

流が孝之の後ろに立った。

「聞きしに勝る、というのはこういうことなんでしょうね。伊達くんから聞いてはいましたが、これほどまでとは。お酒が進みすぎて困ります」

「えらいお強いんですな」

流が酒瓶に目を遣《や》った。

「あまりいい飲み方じゃないと思うんですが」

孝之が肩をちぢめた。

「お声をかけてもろたら、ご飯をお持ちします」

流が厨房に向かった。

鰆の西京焼、野菜の炊き合わせと順に片付けていき、三合ほどの酒を飲んだが、一向に酔いがまわってこない。首をかしげながら、孝之は厨房に声をかけた。

「なんや急《せ》かしたみたいで、申し訳ないですな」

「いえいえ、このまま飲み続けたら、お話をさせてもらうどころじゃなくなりますから」

「筍《たけのこ》ご飯を炊かせてもらいました。旬にはちょっと早いんですが、徳島もんです。木の芽醤油《しょうゆ》に漬けて、炭火で炙《あぶ》った筍を刻んで炊き込んでます。お嫌いやなかったら、刻み木の芽をたっぷり載せて召し上がってください。お汁は鯛の潮汁《うしおじる》、わかめは新モノです。どうぞごゆっくり」

流が織部ふうの土鍋の蓋を取ると、まっすぐ湯気が立ち上った。馨《かぐわ》しい薫《かお》りがテーブルを覆う。

「木の芽とか、薫りの強い葉っぱは大好きなんです」

「よろしおした」

しゃもじと京焼の飯茶碗《めしぢゃわん》を置いて、流が下っていった。

土鍋から上る湯気に顔を近付けて、孝之は目を細めた。

ひとり暮らしというせいもあり、めったに食べることのない炊き込みご飯だが、しゃもじでよそったご飯に、木の芽を山ほど載せ、あっという間にかっこんだ。

黒漆の小吸椀《わん》からは、品のいい潮の薫りが漂い、これをして山海の珍味というのだろうか、と孝之は思いを巡らせている。

大盛りにして二度お代わりをすると、さすがに腹が張る。ゆっくりとさすりながら、満ち足りた様子で孝之が箸を置いた。

「お茶をお持ちしました。煎り番茶です。ちょっと薫りがきついんですけど、苦手やおへんか」

瀬戸焼の急須の蓋を開けて、孝之のほうに向けた。

「大丈夫です」

一、二度小鼻を膨らせてから、孝之が大きくうなずいた。
「飯の後には、これがよう合いますんや。気持ちも落ち着きますしな」

流は急須の茶を湯呑みに注いだ。

「お嬢さんをお待たせしているんじゃないですかね」

湯呑みに口を付けて、孝之が厨房を覗《のぞ》きこんだ。

「奥の部屋で用意しとります。ひと息つかはったらご案内しますわ」

「じゃあお願いします」

眼鏡をかけて孝之が腰を浮かせた。


「こういうのを鰻《うなぎ》の寝床と言うんでしたか」

流の先導で、細長い廊下を歩きながら、孝之が訊いた。

「そうです。間口が狭ぉて、奥に深い。昔からの京都の家はたいていこんな感じですわ」

「この写真はぜんぶ鴨川さんがお作りになった料理ですか」

孝之が廊下の両側に貼られた写真を指した。

「メモ代わりに撮ったもんです。料理だけやのうて、ちょいちょい記念写真も混ざってますけどな」

振り向いて、流が笑顔を向けた。

「オールマイティーなんですね。和食だけじゃなくて、洋食も中華も、韓国料理まで」

歩をゆるめて、孝之が写真に見入っている。

「器用貧乏っちゅうやつですわ。何ひとつ極めることもできんと、この歳までできてしまいました」

流は前を向いたまま歩き続けた。

「いいじゃないですか。ひとつのことにこだわり続けて、人生を棒に振ってしまうより、はるかに有意義な人生だと思います」

「ここから後は娘に任せてありますんで」

ドアを開けて、流は食堂に戻っていった。

「そない端っこに座らんと、真ん中に座ってくださいな」

ロングソファの右端に腰かけた孝之に向かって、こいしが声をかけた。

「ちょっと怖気《おじけ》づいてしまいまして」

「別に面接するわけやないんですし」

こいしが笑顔を浮かべた。

「トラウマが抜けなくて」

おそるおそるといったふうに、孝之が少しずつ尻をずらした。

「簡単でええんで、ここに記入してもらえますか」

こいしがバインダーをローテーブルに置いた。

「分かりました」

孝之がバインダーをひざの上に置き、ペンを走らせた。

「城島孝之さん。四十三歳。佐賀県唐津市ご出身。どの辺やったかなぁ」

バインダーを受け取って、こいしが言った。

「福岡の西のほうです」

「今は小金井市在住。ご家族はおひとりも？」

「天涯孤独、なんていうようなカッコイイものじゃありませんが」

「ご結婚は？」

「二度したんですが、どっちもすぐに別れてしまって」

「お子さんは？」

「二度とも子どもは作りませんでした」

「寂しいことはないんですか？」

「気楽でいいですよ。あなたは独身？」

「相手に恵まれへんのですわ」

こいしが唇をゆがめた。

「あなたのような美人なら、すぐに見つかりますよ」

「おおきに。おせじでも嬉しいですわ。ところで、どんな食を捜してはるんですか」

「オムライスです」

「えらい可愛《かわい》らしいもんを」

こいしがクスッと笑った。

「こんなオヤジには似合いませんか」

「そういうわけやないんですけど。子どものころのことですか？」

「高校三年生だから、二十五年ほど前のことですね」

「おうちで？　それともどこかのお店で？」

「友だちの母親が作ってくれたんです」

孝之が小さくため息をついた。

「高校は佐賀県のほうですか？」

「ええ」

こいしの問いかけに、孝之が短く答えた。

「そのお友だちのお母さんて、ご存命ですの？」

「お元気みたいです」

「そしたら、その方にお訊きするのが早道と違います？」

「それをしたくないから、お願いにきているんですよ」

孝之が唇を尖《とが》らせた。

「そらそうやね。詳しいに聞かせてもらいます」

肩をすくめて、わたしは勉強ができるほうでね」

「こう見えて、わたしは勉強ができるほうでね」

「こう見えて、て。どこから見ても秀才タイプですやん」

「福岡の国立大学を目指していたのですが、合格は確実だと担任から太鼓判を押してもらっておりました」

「ホンマに秀才やったんや」

こいしの合いの手を挟んで、孝之が話を続ける。

「三年生になった春でした。友人の河波伸二《かわなみしんじ》の母親から家庭教師を頼まれたんです」

「同級生の家庭教師を？」

「最初は断ったんですが、麻子《あさこ》さんに熱心に頼まれましてね。週に一度だけ、ということで引き受けました」

「オムライスを作ってくれはったんは、河波麻子さんですね」

こいしがノートに書き留めた。

「素敵なお母さんでした。わたしが早くに母親を亡くしていたものですから、実の息子同然に可愛がってくれましてね」

「ある意味でおふくろの味なんですね」

「そうかもしれません。麻子さんが作ってくれる料理はどれも本当に美味しかった」

孝之が目を閉じた。

「家庭教師に行ったら、いつもご飯をよばれてはったんですか」

「毎週土曜日の夕方五時ころに行って、三時間ほど勉強を教えたあとに、ご飯を出してくれて、伸二とふたりでそれを食べて、それから帰るんです」

「どれも美味しかったて言うてはりましたけど、その中で、なんでオムライスを？」

「わたしの好物だったからです」

「いろんなオムライスを食べた中で、麻子さんが作らはったんが一番美味しかった。そういうことですか」

「少し違います。わたしが最後に食べたのが麻子さんのオムライスだからです」

「最後？　ていうことは……」

こいしが上目遣いに、孝之の顔を覗きこんだ。

「最後の家庭教師の日に、麻子さんのオムライスを食べてから、一度も口にしていません」

孝之が唇をまっすぐに結んだ。

「どういう意味なんか、ちょっと分からへんのですけど」

こいしが眉を八の字にした。

「そうですよね。ちゃんとお話ししないといけませんね」

孝之が座りなおした。

「はい。お願いします」

こいしが身を乗りだして、ペンを構えた。

「家庭教師を始めて、最初の夜はとんかつでした。次がコロッケ、三度目はカレーでした。どれも本当に美味しかった」

孝之が天井に目を遊ばせた。

「よう覚えてはるんですね」

「それが一番の愉しみでしたから。わたしはそれほどでもないのですが、伸二は大食漢でして、必ずお代わりをしてましたね。麻子さんの手作りではないのですが、唐津でも有名な鰻屋の『武屋《たけや》』から持ち帰ってきた鰻丼なんかは、麻子さんの分まで食べてました」

「唐津の鰻て有名なんですか」

「有名かどうかは分かりませんが、『武屋』の鰻は美味しかったです。僕は粉山椒《こなさんしょう》をたっぷりかけるのですが、伸二は何もかけずに一気にかっ込んでました。麻子さんはその様子を嬉しそうに見てましたね」

「目に浮かびますわ。男の子が丼をかっ込む姿てカッコええんですよね」

こいしはペンを走らせている。

「僕が四月五日生まれで、伸二が三月三十日生まれ。学年は同じですが、伸二は僕を兄のように思っていたのでしょうね。僕は伸二を呼び捨てにしていましたが、彼は僕をタカさんと呼んでました」

「なんか、うらやましいなぁ。ええ感じですやん」

こいしがイタズラ描きをした。

「カレーを食べた後に、麻子さんが僕に好物を尋ねてきたので、即座にオムライスと答えました。僕が八歳のときに母が亡くなっていて、おふくろの味というものをほとんど覚えてなくて。ただひとつ、オムライスだけは美味しかったという記憶があったもので」

「それでオムライスを作ってくれはったんや」

「さっそく次の土曜日にオムライスを出してくれたのですが、その旨さといえば、天にも昇る気持ち、としか言えなかったですね。僕が大喜びで食べるのを見て、麻子さんも喜んでくれて。それからは二回に一回はオムライス。いや三回に二回だったかな。土曜日が待ち遠しかったです」

「そんなに美味しかったんですか」

「たっぷりの鶏肉と玉ねぎの入ったチキンライスも、甘さは控えめなんですが、とっても香ばしい味で、なんとなく懐かしい味がして。それを巻いた玉子の焼き加減も絶妙でした。そして上からかかるトマトソースもまた、びっくりするほど美味しかった」

孝之が遠くに目を遣《や》った。

「ふつうのケチャップと違うんですか」

こいしが訊いた。

「ベースはケチャップだと思うんですが、甘みがおさえてあって、おとなの味っていう感じでした」

「おとなの味のケチャップソース、と。他になにか特徴はありました？」

書き留めて、こいしが顔を上げた。

「他にねぇ。何かあったかなぁ」

孝之が腕組みをした。

「なんでもええんです。もうちょっとヒントが欲しいんです」

「ヒントにはならないと思いますが、あの大食いの伸二が、麻子さんのオムライスは必ず残してました」

「オムライスが嫌いやったんと違います？」

「いや。学食のオムライスはいつも大盛りを頼んでいましたから」

「不思議な話やねぇ」

こいしが考えこんでいる。

「なんで残すんだ、って僕が訊くと、伸二はいつも無言で。いったい何だったのか、今でも謎です」

「今お聞きした話やと、城島さんが、なんでオムライスを食べはらへんようになったのかが分からへんのですけど」

「そうですよね。一番大事な話。すみません、お水をいただけますか」

「うっかりしてました。お茶も出してませんでしたね」

慌てて立ち上がったこいしが、サーバーから汲《く》んだ水を孝之の前に置いた。

紙コップの水を一気に飲みほして、孝之が重い口を開いた。

「結論から言いますと、伸二が合格して、わたしが落ちたんです」

「え？」

「何回合格発表を見ても、わたしには信じられませんでした。伸二の合否ばかり気にしていて、まさか自分が落ちるなんて、思ってもいませんでしたから」

「何があったんです？」

「分かりません。何かミスをしたんでしょうね。気付かないうちに」

孝之が顔を曇らせた。

「麻子さんもびっくりしはったやろねぇ」

「一緒に発表を見に行ってましたから、気の毒なほどうろたえられまして。涙を流して土下座されました。なんだか分かりませんが、わたしも伸二も地べたに座り込んで、ただただ泣くしかありませんでした」

「神さまのいたずらなんやろか。そんなことが起こるんですね」

「ひとえに、わたしの力不足ですから。伸二が受かってよかった。それしか言えなかったです」

孝之は拳を握りしめた。

「どっちも辛《つら》いなぁ」

しばらく沈黙が続いた後、こいしがぽつりと言った。

「一番辛かったのは麻子さんだったと思います」

孝之が目を伏せた。

「そうかもしれませんね。家庭教師に時間を取られへんかったら、たぶん結果は逆やったんやもん」

「そこに因果関係があるかどうか、誰も証明できませんから」

「そういうことがあったんですか。それでオムライスを……」

「歯車が狂った、というのはこういうことなんでしょう。それ以来、やることなすことすべてが裏目に出てしまって。自分の人生がこうなったのは、あのオムライスがきっかけだったと思うようになってしまって……」

「人生て、そういうもんなんですね」

　こいしが顔を曇らせた。

「それ以降、冷静に考えることができなくなってしまって、伸二に対抗することしか頭にありませんでした。浪人する余裕がなかったので、大学こそ伸二の後塵《こうじん》を拝しましたが、最初に就職した商社は、わたしのほうが格上だったし」

　こいしには、孝之の鼻がわずかに高くなったように見えた。

「親友がライバルになってしもうたんですね」

「伸二が商社を辞めて会社を作ったと聞けば、わたしも同じようにしました。彼が航空会社のキャビンアテンダントと結婚したと聞いて、わたしもライバル会社のキャビンアテンダントを妻にした」

「そこまで……」

　呆《あき》れ返ったように、こいしが言った。

「ただひとつ違ったのは、伸二のやることなすこと、すべてうまくいくのに、わたしはことごとく失敗したということです。あれよあれよという間に、彼の会社は大きくなり、わたしの会社はあっけなく潰れてしまったし、それと同時に妻も出ていきました」

　孝之が深く長いため息をついた。

「どう言うたらええのか」

　こいしも同じように長嘆息した。

「伸二の会社は飛躍的な成長をとげて、今では五十を超える子会社を持つ河波グループの総帥。その対抗軸と目されているのが伊達くんのグループなんです」

「それでダテヒコさんのところに」

「わたしはただの一兵卒ですがね」

　自らをあざけるように孝之が笑った。

「ひょっとして河波グループて、あの『リバーウェーブ』の？」

　こいしが訊いた。

「日本だけではなく、海外にも展開しているファミリーレストランの『リバーウェーブ』が有名ですが、不動産、金融など幅広く展開してますよ」

「その伸二さんて、テレビのコメンテーターしてはる河波伸二さんのことやったんですか。週刊誌にもよう出てはるし、超有名人ですやん」

「彼が出てくると、すぐテレビのスイッチを切りますし、週刊誌も買わないので、よく分かりませんが」

　孝之がまた同じような笑みを浮かべた。

「ひとつ確認したいんですけど」

　こいしがペンを取った。

「何でしょう」

　孝之がこいしの目をまっすぐに見た。

「オムライスのことを、直接麻子さんにお尋ねしてもええんですか」

「……」

「あきませんよねぇ」

　押し黙る孝之に、こいしはペンを置いた。

「やむを得んやろうね。ただし最後の手段という条件を付けてもよかですか」

　心を決めたせいか、孝之からお国訛《なま》りが出たことに、こいしは少しばかり気圧《けお》された。

「わかりました。もうひとつお訊きしますが、今になってなぜ、そのオムライスを食べたいと思わはったんです？」

「呪縛から早く抜けだしたいんです。お情けで伊達くんの会社に置いてもらっていますが、それもあとふた月。夏までには自分で小さな会社を作るつもりです。これから先は伸二を意識せずに、思うまま生きてみたいんです」

「分かりました。必ずお父ちゃんに捜しだしてもらいます」

こいしがノートを閉じた。


食堂に戻ると、流は熱心に週刊誌に見入っていた。

「お父ちゃん。済んだよ」

こいしの声にようやく我に返った流は、週刊誌を閉じて立ちあがった。

「あんじょうお聞きしたんか」

「長々とお話しさせていただきました」

孝之がこいしと顔を見合わせた。

「城島さんの第二の人生がかかってるんやから頑張ってや」

こいしが流の背中を叩《たた》くと大きな音がした。

「いつも気張ってるがな」

流が顔をしかめた。

「どうぞよろしくお願い致します」

孝之が流に一礼した。

「せいだい気張らせてもらいます」

流が礼を返した。

「次はいつおじゃましたら？」

「だいたい二週間いただいてます。そのころに連絡させてもらいますわ」

「承知しました。愉しみにしております。そうだ、今日のお代を」

孝之がブリーフケースを開けた。

「探偵料と一緒でけっこうです」

こいしが口を挟んだ。

「分かりました。ではこの次に」

ブリーフケースを閉じて、孝之がコートを手に取った。

正面通を西に向かって歩く孝之を見送って、流とこいしは店に戻った。

「お父ちゃんが週刊誌を熱心に読むなんて珍しいな。何か気になる記事でもあったん？」

「ダテヒコの記事が載ってたんを思い出してな」

「手広うやってはるみたいでよかったやん」

「ちゃんとお母さんを引き取ったんやからエラいもんや」

「部下の人が来はるやなんて思いもしいひんかったわ」

「で、何を捜すんや」

「オムライスやて」

「城島さんには、あんまり似合わんようやが。なんぞ事情があるんやろな」

「気の毒て言うのか、何て言うてええか分からへんねんけど、ちょっと込みいった話やわ」

「どう込みいってるんか、ゆっくり聞こうやないか」

流とこいしが向かい合ってパイプ椅子に座った。

2

この季節の二週間という時間は、街の空気を一変させる。既にコートの要らない季節になっていた。

ベージュのカーディガンを羽織った孝之は、京都駅を烏丸口から出て、烏丸通を北に向かって歩き始めた。

連絡があってから今日まで、眠りの浅い日が続いた。あくびを嚙《か》みころして、正面通を東に折れる。気が進むような、進まないような、複雑な胸中を表すように、歩みは一定しなかった。

「猫もお客さんなのかな」

屈《かが》みこんで、孝之はトラ猫の頭を撫《な》でた。

「お待ちしてました」

こいしが店の引き戸を開けた。

「おたくの飼い猫ですか」

「店の中に入れたらアカンて、お父ちゃんが言わはるんで、飼い猫とは言えへんかもしれません」

「名前は付いているんですか」

「ひるね、て言うんです。いっつも寝てるんで」

「猫はいいですね。のんびり生きられて」

孝之が立ちあがった。

「お待ちしとりました」

厨房から出てきて、流が声をかけた。

「よろしくお願いします」

緊張した面持ちで、孝之が敷居をまたいだ。

「大丈夫ですよ。お父ちゃんが、ちゃあんと捜しだして来はったから」

こいしが引き戸を後ろ手に閉めた。

「すぐに用意しますさかい」

流が小走りで厨房に向かった。

「愉しみなような、怖いような、不思議な気持ちです」

パイプ椅子に腰かけて、孝之は二度、三度、両肩を上げ下げした。

「何年ぶりのオムライスになるんです?」

「二十五年、いや二十六年になるのかな」

指折り数えて、孝之が薄く笑った。

「よう我慢しはりましたね。好物やさかい、食べとうなるときもあったやろに」

こいしが煎茶を淹れて、孝之の前に置いた。

「それが、不思議なことに、一度も食べたいと思わなかったんです。無意識のうちに頭から消し去っていたのでしょうね。十年ほど前だったか、会社のランチミーティングでオムライスが出てきたのですが、見ただけで吐き気を催しましてね。アレルギーだからと言って、カレーに代えてもらいました」

孝之がゆっくりと茶をすすった。

「人間の潜在意識てすごいんですね。好物が吐き気。今日は大丈夫かなぁ。心配になってきた」

「わたしにも分かりません」

孝之が湯呑みを置くと同時に、銀盆を持った流が厨房から出てきた。

「お待たせしましたな」

オムライスの載った白い丸皿を孝之の前に置いた。

「これですね」

孝之が目を細め、じっとオムライスに見入っている。

「わしはこれで合うてると思いますけど、もし違うてたら言うてください」

自信ありげな笑みを浮かべて、流が一礼した。

「お水とポットを置いときます」

こいしと流がうなずき合って、厨房に戻っていった。

スプーンを手にし、オムライスをじっと見つめる孝之は、身じろぎひとつしない。孝之の頭の中では、時計の針が目まぐるしく逆回転し、やがて麻子の声が遠くから聞こえ始めた。

トマトソースのかかった真ん中にスプーンを入れて、孝之が口に運んだ。味を逃すまいとしてか、くちびるに力を込め、口を閉じたまま、何度も何度も噛みしめる。噛む度に心に刺さったとげが一本一本抜けていくような、そんな心持ちで、孝之はオムライスを味わっていた。

こんなに美味しいオムライスが世の中にあっていいのか。孝之は改めてそう思った。ただのオムライスが、なぜこんなに切ないのか。哀《かな》しいのか。苦しいのか。

黙々と孝之は食べ続けた。そこに美味しいを超える感想を持とうとして、すぐにそれが無駄なことだと分かった。

このオムライスのために自分の人生は大きく狂ってしまった。そう思い続けてきた長い年月はいったい何だったのか。悔しくて、情けなくて、泣きたくなるのを、なんとか抑えようとして、結局それは叶《かな》わなかった。誰が悪いのでもない。すべては自分の不甲斐《ふがい》なさからはじまったこと。はっきりと今こうして突きつけられている。きっとそれが怖くて、オムライスを遠ざけていた。

叶うなら、許されるなら、このオムライスを食べる前の自分に戻りたい。そう思いながら、孝之はスプーンを止めることもできずにいた。

ケチャップ味だが、かすかに苦く、どこかスパイシーなトマトソース。チキンライスは香ばしく、そしていくらか甘辛い。麻子が作ってくれたオムライスとまったく同じだと言ってもいい。

それにしても、どうしてこれを再現できたのだろう。孝之は驚きと戸惑いを感じていた。

二週間足らずの間で、これを捜しだし、そして再現する。はたしてそんなことが可能だろうか。食べれば食べるほど謎は深まるばかりだった。

「お茶淹れましょか」

こいしが唐津焼の急須と湯呑みを持ってきた。

「それ、ひょっとして」

「麻子さんが使うてはったのも、こんなんでした?」

「器には詳しくありませんが、たしかそんな焼き物だったと思います。でもどうして……」

孝之が湯呑みを手に取った。

「お父ちゃん、凝り性ですねん」

こいしがにっこりと笑った。

「あのー」

孝之がこいしの顔を覗きこんだ。

「はい？」

「お代わり、ってできるんでしょうか」

「喜んで、て居酒屋みたいやけど」

こいしが照れ笑いを浮かべた。

「そんなにたくさんじゃなくてもいいのですが、もう少しじっくり味わいたくて」

「お父ちゃんも喜ばはると思います」

こいしが厨房に駆けこんでいった。

残り少なくなったオムライスを慈しむように、孝之がていねいにスプーンを動かした。

「合うてたみたいですな」

流が、小皿に盛ったオムライスを孝之の前に置いた。

「はい。間違いないと思います。あのオムライスと同じです」

「よろしおした」

「いったいどうして」

「ゆっくり召し上がってください。お話はそれから」

銀盆を小脇に挟んで、流が厨房の暖簾をくぐった。

孝之は最初の皿の残りをさらえ、お代わりの皿と置き換えた。

ひと皿目にもまして、じっくりと味わう。香りを愉しみ、味を嚙みしめ、胃袋から胸に、その味わいをしっかりと刻み込んだ。

満腹と満足を同時に感じるのは何年ぶりだろうか。振り返ってみても、思い出せないほど昔のことだ。

まったく臭みのない鶏肉が旨い。オムライスで意識して鶏肉を味わったのは、あのときが初めてだった。玉子で包まず、このチキンライスだけで食べても、きっと美味しいに違いない。そう告げると、少女のようにはにかんで、素直に喜びを表す麻子の笑顔が浮かんだ。

「どないです？」

「最高です。早く謎解きをお願いしたいものです」

「お腹のほうはどないです？」

「もう充分です。久しぶりにお腹がはちきれそうで」

孝之が腹をさすった。

「よろしおした」

「お話を聞かせてくださいますか」

「失礼します」

うながされて、流は孝之の真向かいに座った。

「疑うわけじゃないのですが、麻子さんからお聞きになったのではないのですね」

「昔からわしは、嘘《うそ》をようつかん性質でしてな」

流が語気を強めた。

「子どものころに小さい嘘ついて、ものすごいこと怒られました」

こいしが急須の茶を差し替えた。

「失礼しました。あまりにも正確に再現されたものですから」

「最初のヒントはテレビの番組からもらいました。河波伸二さんの日常に密着した番組を観《み》たんですわ。さすがにオムライスの話は出てきませんでしたけど、苦手な食材について語ってはりましてな。ご存知でしたか?」

流がＤＶＤを孝之の前に置いた。

「伸二の苦手な食材。何かあったかなぁ。意識したことなかったです」

　孝之はＤＶＤから目をそらせている。

「パセリとセロリなんやそうです。どっちも匂いだけでアカンと言うてはりました」

「どっちも僕の好物じゃないですか」

　孝之が横目でＤＶＤを見た。

「この前、筍ご飯をお出ししたとき、木の芽やとか薫りの強い葉っぱが好きやと、おっしゃってたんで、たぶんそうやろうと思うてました」

「そう言えば、伸二は鰻にも山椒をかけなかったなぁ。そうか、薫りの強いものが苦手だったのか。でも、それとオムライスがどう結びつくんです？」

「他の店のオムライスやとガッツリ食べはるのに、麻子さんのオムライスはいつも伸二さんは残してはった。いっぽうで、あなたはその味を忘れられないくらい好んではった。その違いはここにあるんやないかと推測しましてな」

「なるほど」

「唐津へ行ってきました」

「わざわざ唐津まで。ありがとうございます」

「昔からお父ちゃんは現場主義ですねん」

こいしが流の横顔を見た。

「河波さんのお宅は空家になってましたが、家そのものはまだ残ってましてな。ご近所を訪ねたら、麻子さんと仲良うしてたというお婆さんに出会うたんです。あの年代の方は記憶力がええんですな。まるで昨日のことのように、お話ししてくれはりました」

老婆が河波家の前に立つ写真を流が見せた。

「そうそう、この家、この家。懐かしいなぁ。このお婆さんは知りませんけど」

写真を手に取って、孝之が目を細めている。

「あなたとは面識がないけど、あなたのことは麻子さんからよう聞かされていたんやそうです。息子が世話になってること、自分の息子のように思っていること、そしてあなたがオムライス好きやということ」

「そんなことまで」

孝之の目が更に細くなった。

「鰻の『武屋』の近くにある『三永《さんえい》』という市場まで、よう一緒に買物に行ってはったそうです。新鮮な魚が安ぅで手に入るとこらしいですな」

「そういうことはまったく知らずに育ちました」

「その市場の前あたりに、リヤカーで野菜を売る店があったんやそうです。土曜日は必ずそこに立ち寄って、麻子さんは毎回セロリを買わはる。いったい何に使うのか、お婆さんが訊かはったら、使いみちを教えはった」

「ひょっとしてオムライスに？」

「あなたのことを母親の目線で見てはったんでしょうな。あなたが薫りの強いもんを好きやと分からはって、オムライスにセロリを入れようと思わはった。けど息子は苦手やから、すりつぶしてトマトソースに混ぜこまはった。そしたらあなたが喜んだんで、ずっとそれを続けて出さはったということです」

「そうでしたか」

空になった皿に、わずかに残ったトマトソースを孝之が指でなめた。

「市場の向かいに、麻子さんがよう立ち寄ってはった陶器屋はんがありましてな、そこでこれを」

流が急須を手に取った。

「たしかにこんな器でした」

孝之が湯呑みを両手でつつんだ。

「味の秘密は他にもあるはずやと思いまして。あなたが懐かしい味がしたとおっしゃってたケチャップライスのことを考えてみたんです。ただのケチャップやったら、そない懐かしい味はせん。きっとあなたがよう食べてはった料理に使うてあった調味料が入っとるはずやと思うたんです」

「そうですねぇ。そう言われれば、慣れ親しんだ味、というか、いつもの味にケチャップが加わったような」

孝之が宙に目を遊ばせた。

「となると、和の調味料ですわな。洋と和が混ざり合うてる味。それが何かと考えとったら、丼ものもメニューに載ってる古い洋食屋が近くにあると聞きましてな、そこに行ってみたんです」

「そんな店があったのか、わたしは知りませんね。外食しませんでしたから、というよりできなかったのですが」

「『つかもと』というお店です。歳のいったご夫婦でやってはる洋食屋で、今は和多《わ た》田《だ》にありますけど、以前は市役所の近くにあったそうで、昔からのファンもようけやはる洋食屋ですわ。メニューを見たらオムライスがありました。けど玉子丼もありますんやわ。両方食べてみましたがな。両方食べても千円でお釣りが来ます。良心的な店ですな」

「お父ちゃんは少食やけど、仕事のためやったら気張らはるんです」

こいしが言葉をはさんだ。

孝之はうなずきながら、流の次の言葉を待っている。

「庶民的な店ですさかい、卓上にはいろんな調味料が置いてありまして、そこに醤油があったんです。まぁ丼ものを置いてはるんやから当然ですけど」

「洋食屋に醤油、ですか」

孝之が怪訝《けげん》そうな顔付きをした。

「隣の席に座っていたおじいさんが、なんとチキンライスに醤油をかけて食べてはるんですわ。ひょっとしたらソースと間違わはったんやないかと思うて、言いましたんや。それ醤油でっせ、と」

「親切だったたか、余計なお世話だったたか？」

孝之が訊いた。

「後のほうですわ。昔からこうしてると言われました。同時に店を出たんで、そのおじいさんに訊きましたら、唐津には『宮下《みやした》醤油』という会社があるんやそうですな」

「聞いたことがあるような、ないような」

孝之が曖昧な返事をした。

「九州らしい甘い醤油でした」

流がこいしに目で合図した。

「これですわ」

こいしが醤油の小瓶を持ってきて、孝之に見せた。

「『はな醤油』。そういえばうちの食卓にも置いてあったなぁ。何にでもこれをかけて食べてた」

「チキンライスを炒めて、最後にこれで香りづけをしたら、おっしゃるように懐かしい味になりましたわ」

「麻子さんは、僕がこの醤油を好んでいたことをご存知だったんでしょうか」

「それは分かりまへん」

「醤油、セロリ。それであのオムライスに……」

「思い出とかがなくても美味しいオムライスやと思いました」

こいしが言った。

「このオムライスのおかげで、わたしの人生は失敗に終わった。オムライスに罪はないのですがね」

孝之が深いため息をついた。

「難しいことはよう分かりまへんけど、人生に失敗も成功もないように思います。飢えん程度にメシが食えて、人さんに迷惑もかけんと、厄年越えられたら、それで充分なんと違いますやろか」

流が孝之の目をまっすぐに見つめた。

「……」

孝之は無言のまま。空の皿をじっと見ている。

「わしなんか、周りに迷惑かけっぱなしでしたし、何ひとつ自慢できるようなこともしてきませんでしたけど、それでも悔いてはいまへん。自分の人生が失敗やと思うたら、両親やら家族に申し訳が立ちまへん」

きっぱりと言い切る流に、こいしは瞳をうるませている。

「うちもそう思います」

「ありがとうございます」

孝之が背筋を伸ばした。

「これから存分にオムライスが食えますな」

流が笑顔を孝之に向けた。

「ご自分で作らはるんやったら、このレシピどおりに」

こいしがファイルケースを手渡した。

「誰ぞ作ってくれはる人が現れるがな」

「そうだといいのですが」

孝之が照れ笑いを浮かべた。

「いろいろ愉しんでくださいね」

「ありがとうございます。この前の食事代と併せて料金のお支払いを」

孝之がブリーフケースを開けた。

「お気持ちに見合うだけ、こちらに振り込んでください」

こいしがメモを渡した。

「承知しました」

孝之がメモを財布に仕舞いこんだ。

「よろしおした」

店を出た孝之に流が声をかけた。

「あらためてお礼申します」

孝之が深く腰を折った。

ひるねの頭をひと撫でして、孝之は正面通を西に向かって歩きだした。

二週間前と比べて、いくらか軽くなった足どりをたしかめて、流が背中に声をかけた。

「城島はん」

「はい？」

孝之が振り向いた。

「人生ちゅうのはエエもんですな」

「はい」

甲高い声が返ってきた。


「お父ちゃんにもライバルて居てたん？」

店に戻って、こいしが訊いた。

「そら居てたがな。学生時代も、板前のときも、警察におったときもな」

「恋のライバルは？　お母ちゃんの」

「掬子に訊いてみんと分からんな」

テーブルを拭きながら、流が仏壇を横目で見た。

「絶対やはったと思うわ。なぁ、お母ちゃん」

こいしが仏壇に手を合わせた。

「わしを選んだんは失敗やったんと違うか。すまんことやったなぁ」

流が線香をあげて頭を下げると、こいしが何度も首を横に振った。

第六話　コロッケ

1

　東本願寺を背にして、烏丸通を東に渡ると、せわしなく走り抜ける僧侶とすれ違った。師走《しわす》だからなのだろうか。

　すっかり葉を落とした銀杏《いちょう》の大木が木枯らしに揺れている。

　京の底冷えとはよく言ったもので、都大路の寒さは下から襲ってくる。まるで氷の

上を歩いているような気さえする。

秋川幸《あきかわみゆき》は身をすくめながら銀杏の絨毯《じゅうたん》を踏みしめて歩いた。ミニスカートを穿《は》いてきたことを幾らか後悔しながら、幸は白いコートの襟を閉じた。

正面通を東に向かって歩くと、やがて目指す食堂らしき建物が見えてきた。

「きっとこれだよね」

ひとりごちて幸は引き戸に手をかけた。

「ごちそうさま」

戸が開いて、若い男性が出てきたのに、幸は思わず後ずさりした。

「ごめんね、驚かせちゃったみたいで」

幸に笑顔を向けて、男性は小走りで店を後にした。

「こんにちは」

改めて引き戸を開けて、幸が声をかけた。

「いらっしゃい」

黒いソムリエエプロンを着けたこいしが振り向いた。

「ここは『鴨川食堂』ですか」

「ええ。そうですけど」

「じゃあ探偵事務所もこちらに？」

「そっちのお客さんでしたか。うちが『鴨川探偵事務所』の所長をしてます、鴨川こいしです」

「秋川幸です。よろしくお願いします」

幸が頭をさげた。

「どうぞおかけください。お腹《なか》のほうはどうですのん？」

「何か食べさせてもらえるなら嬉しいです」

パイプ椅子に腰かけて、幸が店の中を見まわした。

「おまかせでよかったらご用意しますけど」

白衣姿の流が厨房から出てきた。

「うちが所長になってますけど、ほんまに捜すのはお父ちゃんなんですよ。鴨川流ていいます」

こいしが紹介した。

「秋川幸です。よろしくお願いします」

立ち上がって幸が腰を折った。

「苦手なもんはおへんか」

流が訊《き》いた。

「匂いの強いものはダメなんですが、後は大丈夫です」

「香草とかでっか?」

「いえ、クサヤとかホヤとか」

「そういうもんは、うちには置いてまへん。安心しとうくれやす」

笑顔を残して、流が厨房に入っていった。

「どちらからお越しに?」

こいしが幸の前に湯呑《ゆの》みを置いた。

「東京からまいりました」

「どっかでお見かけしたような気が……」

急須の茶を注ぎながら、こいしが幸の顔を覗《のぞ》きこんだ。

「気のせいじゃないですか」

幸が視線をそらした。

「そうかなぁ」

こいしが首をかしげた。

「ですよ」

幸が小さく微笑《ほほえ》んだ。

「お飲みもんは、どないしましょ」

こいしが訊いた。

「日本酒が好きなんです」

「冷酒にします？　それとも寒いし燗《かん》つけはりますか」

「冷えたのが好きなので」

「お酒のお好みはあります？」

「辛口だと嬉しいです」

「分かりました。お父ちゃんに選んでもらいますわ」

こいしが小走りで厨房の暖簾《のれん》をくぐった。

ひとり残った幸は、店の中をぐるりと見回した。

子どもの頃に外食した記憶はほとんどないが、一度だけ母親が連れて行ってくれた食堂がこんなふうな店だった。天井から下がった棚にテレビが載っていて、その横に神棚がある。デコラのテーブルはぴかぴかに光っていて、新聞がたたんである。そこで食べたうどんが美味《おい》しかったことだけは覚えている。だが、そう感じたのは母親と一緒に外食をしているという嬉しさのせいだったのかもしれない。

「お待たせしましたな」

流が盆に載せて料理を運んできた。

「すごいご馳走《ちそう》ですね」

次々とテーブルに並べられる料理を見て、幸が思わず声をあげた。

「たいしたもんはおへん。さぶおっさかい、温《ぬく》たい料理を多めにしました。一品ずつの量も少のおっせ」

小皿、小鉢、椀と八品の料理を並べ終えて、流が幸の傍らに立った。

「こんな素敵な料理を食べるのは初めて」

料理を見回して、幸が目を見開いた。

「説明させてもろてもよろしいやろか」

「お願いします」

幸が背筋を伸ばした。

「左上からいきますわ。信楽の小鉢に入ってるのが棒鱈《ぼうだら》の煮つけです。海老芋《えびいも》のピュレをまぶしてあります。その隣の織部皿はグジの塩焼きです。かぼすを絞ってもろたら美味しおす。ウロコを揚げたんが、その横の小壺《こつぼ》に入ってます。右上の蓋もんは風呂吹きにした聖護院大根。八丁味噌《みそ》と西京味噌と両方載せてます。その下の伊万里の小皿はハマグリの酒蒸しです。刻み柚子《ゆず》を載せて召し上がってください。真ん中は蒸したセコ蟹《がに》です。そのままでもよろしいけど、辛子酢をつけてもろても美味しいと思います。その左の備前はビーフシチューです。焼いた麩《ふ》をパンの代わりにして食べてもろたらよろしい。一番下の左手、九谷の皿に載ってるのがフグのから揚げ。味は付いてますけど、足りなんだら粉山椒《こなさんしょう》をふってください。右手の塗椀《ぬりわん》は、牡蠣《かき》の豆乳煮。粉チーズと黒七味をふってください」

「どれから食べたらいいのか迷いますね。順番とか決まっているんですか」

目で追うだけで精一杯、流の言葉は、ほとんど幸の耳の中を素通りしていった。

「好きなもんを好きなように食べてもろたらよろしおす。お酒はこんなんでどうですやろ。高知の『酔鯨』っちゅうんですけど」

「ありがとうございます。お酒は好きなんですけど、全然くわしくないので」

幸がボトルを手に取った。

「酒てなもんは美味しいように飲んだらよろしい。うんちくは要りまへん」

一礼して、流が厨房に戻っていった。

しんと静まった食堂の中で、ひとり料理を前にして、幸は小さく咳ばらいをした。

どれから手をつけようか。迷っているようでいて、どうでもいいような気もしている。世間的には食通だと思われているが、飢えに苦しんだ時間のほうがはるかに長かった。それを誰にも言えないことの苦しさを、今なら解き放てる。そんな気楽さで幸は、箸を置いて、ハマグリを手でつかんだ。

貝殻にくっついた身を箸ではぎとろうとして、小刻みに動かすものの、貝柱が残ってしまう。周囲を見回してから、幸は箸を歯に代えた。

「美味しい」

つぶやいてから、幸は箸を取り、棒鱈を口に運んだ。

棒鱈と言われて、聞き返すことはしなかったが、それがどういうものなのかは、まるで分かっていない。棒、鱈。魚の干物なのだろうか。自分が育ってきた食とは無縁の料理がいくつも並んでいて、それがしあわせなことなのかどうか、幸には分からなかった。ただ、そんな料理を眺めながら、冷酒を喉に流し込む時間が、心を豊かにすることだけはたしかだった。

小さな壺に入っているものを口に運んで、それがウロコだと気付くまでには、少し時間がかかった。そのウロコを持つ身がグジという魚だということを思い出して、噛《か》みしめると、その柔らかな旨《うま》みが口の中に溢《あふ》れだし、幸はほっこりと顔を丸くした。

「どないです？　お口に合うてますかいな」

酒瓶を携えて、流が幸の傍らに立った。

「どれも美味しいです。わたしにはめずらしいものばかりで」

幸がハンカチで口の周りを拭った。

「よろしおした。ちょっとまた味の違う酒をお持ちしました。備前の『酒一筋』っちゅう酒ですけど、雄町いう品種の米を使うてるんですわ。薄味のもんには、これがよう合うと思いますんで、ためしてみてください」

緑色の酒瓶とグラスをテーブルに置いて、流が厨房に戻っていった。

幸はキャップを開けて、小さなグラスに酒を注いだ。最初に飲んだ酒を横に並べてみたが、その違いが分かるわけでもなく、両方を飲み比べてみてようやく、別の酒だと分かる程度だ。両方を一気に飲み干してから、ふたたび箸を取り、蟹に箸先を向けた。

ほぐした蟹の身に、辛子酢を付けて口に運んだ幸は、すぐに鼻をおさえ、くしゃみを我慢した。

「付けすぎちゃった」

涙目をハンカチで拭いながら、幸は苦笑いした。

牡蠣、聖護院大根、フグと順に箸を伸ばした幸は杯も重ね、頬をほんのりと紅《あか》くそめた。

「そろそろご飯をお持ちしましょか」

いつの間にか流が後ろに立っていた。

「そうか。まだご飯があったんですね。すっかり酔っ払ってしまって」

幸が両頬を手のひらで押さえた。

「ほな少なめにさせてもらいますわ」

流が背中を向けた。

「冷たいお水を置いときますよって」

こいしが冷水ポットとグラスを置いた。

「ありがとうございます」

間髪をいれず、幸は一気に冷水を飲み干した。

「ええ飲みっぷりや」

こいしの言葉に顔を見合わせて、ふたりが笑った。

「お待たせしましたな」

湯気とともに流が暖簾をくぐって出てきた。

「ほなまた後で」

入れ替わりにこいしが厨房に入っていった。

「今日は鰻《うなぎ》のせいろ蒸しにしました。熱おすさかい気ぃ付けとぅくれやっしゃ」

メモ用紙ほどの、小さな四角いせいろがテーブルに置かれ、もうもうと湯気が上がっている。

「お箸やと食べにくいかもしれまへんので、匙《さじ》も置いときます」

流が置いていった木製の匙を手に取り、幸はせいろの中をすくった。

タレのしみた茶色いご飯の上に鰻の切身が載り、その上に細かな錦糸玉子《きんしたまご》がふわりとかぶさる。息を吹きかけ、用心深く口に運んで幸は、唇を大きく開き、何度も外気を吸い込んだ。

「本当に熱いんだ」

ようやく喉の奥まで滑らせて、ひとりごちた。

とうに満腹だったはずが、匙を止めることができず、貪《むさぼ》るように食べている自分を、幸は少しばかり嫌悪している。

「口の中を火傷《やけど》しはったんと違いますかいな」

流がポットの冷水をグラスに注いだ。

「すみません。がつがつ食べたりして。お恥ずかしいです」

幸が匙を置いた。

「何を言うてはります。こういうもんは上品に食べても旨いことありまへん。勢いよう食べてもらえるてなこと、料理人には何より嬉しいことです」

「そう言っていただくと助かります。根が下品なものですから」

幸が飲み干したグラスをテーブルに置いた。

「美味しいように食べてもらうのが一番です。ひと息入れはったら奥にご案内します。こいしが待っとりますさかい」

「お待たせしてるんですね。ゆっくりし過ぎてしまいました」

口元をハンカチで拭って、幸が中腰になった。

「そない急いでもらうことはありまへん。熱いお茶でも淹《い》れまひょか」

「大丈夫です。ご案内ください」

幸が立ち上がって姿勢を正した。


長い廊下の両側にびっしりと貼られた写真に、幸は時折足を留めて、じっと見入っている。

「これまでにわしが作ってきた料理ですわ。メモの代わりみたいなもんです」

流が振り向いた。

「京料理だけじゃないんですね。おうどんまでお作りになるんだ」

幸が写真に目を近づけた。

「家内の好物でしてな。っちゅうより、最後のほうは、うどんくらいしか喉を通らんかったんですが」

言い終えて、流が背中を向けた。

「わたしもおうどん大好きです。母親とただ一度だけ外食したときに食べたのがおうどんだったので、わたしの中では一番のご馳走《ちそう》が外で食べるおうどんなんです」

廊下に響く幸の言葉はひとりごとのようだった。

「後はこいしにまかせてますさかい」

ドアを開けて、流が食堂に戻っていった。

「どうぞおかけください」

こいしがロングソファをすすめた。

「失礼します」

幸がソファの真ん中に腰かけた。

「早速ですけど、これに記入してもらえますか」

こいしがローテーブルにバインダーを置いた。

幸はよどみなくボールペンを走らせ、こいしに手渡した。

「秋川幸さん。お仕事は著述業。ライターさんていうことですね。雑誌の記事とか書いてはるんですか？」

こいしはバインダーに目を落としたまま訊いた。

「いいえ。雑誌ではなく本を」

「本て、小説とかですか」

「ええ、まあそんな感じです」

「どんな小説ですのん？」

こいしが顔を上げた。

「主に恋愛小説とか」

幸が顔を伏せた。

「ロマンスもん大好きで、よう読んでますねん。本名で書いてはるんですか？」

こいしが目を輝かせた。

「いいえ。アキミユキというペンネームで」

幸が肩を縮めた。

「え？　ほんまですか。あのアキミユキさん？」

目を丸くして、こいしが幸をまじまじと見た。

「恥ずかしいから、あまり見ないでください」

幸が両手で顔をおおった。

「びっくりしたぁ。普段はこんなんなんや。そらそやわね。ずっとあんな恰好《かっこう》してはるわけないわねぇ」

「出版社の方から言われて、あの派手なスタイルでデビューしたものですから」

幸はうつむいたままだ。

「変われるもんなんやなぁ。ものすごいセクシーな作家さんやと思うてたけど、こんな清楚《せいそ》な人やったんや」

「最初からずっと抵抗があって、今もイヤなんですけど、今更変えられなくて」

「本の激しい内容に合わせて、あんな過激な恰好をしてはったんやね。けど話してはる感じも全然違いますやん。あれも演技ですか？」

こいしの問いかけに、幸は黙ってうなずいた。

「作家さんも大変なんやね。で、どんな食を捜してはるんです？」

ため息をついてから、こいしがノートを開いた。

「コロッケなんです」

幸の声が更に小さくなった。

「笑うたらいかんけど、笑うてしまいます。あんなセクシーな小説書いてはるのに、コロッケを捜してはるんですか。なんやしらんけど嬉しいですわ」

「ギャップがあり過ぎますよね」

幸がようやく頬をゆるめた。

「すみません。失礼なこと言うて。コロッケのこと、詳しいに教えてもらえます?」

こいしがペンを構えた。

「もっと恥ずかしい、というか、忌まわしい話なんですが……」

言葉の続きを待つこいしが身を乗り出したが、幸は言いよどんだまま、身をかたくしている。

「言いにくいとこは飛ばしてもろてもええんですよ」

こいしが助け舟を出した。

「ありがとうございます。でも、ちゃんとお話ししないと捜してもらえないですよね」

幸が背筋を伸ばして続ける。

「わたしはいわゆる不良少女でした。小学五年生のころからグレだして、学校も行ったり行かなかったりで」

「おませさんやったんや」

「父親の居ない家庭で、母とふたり暮らし。とにかく貧しい家でした。そのせいにしてはいけないと、今では思えるのですが、そのころは、なぜ自分だけがこんな辛《つら》い思いをしなければいけないのか。そんな不満だらけの毎日でした」

「今のアキミユキさんからは、かけらも想像できひんけど」

「母はパートに出てばっかりで、わたしが学校から帰ったときに、家に居たことはほとんどありませんでした。夜七時を回ったころにやっと帰ってきて毎日ひもじい思いをしていました」

「子どもはお腹が減るのが一番辛いわねぇ。お母さんも大変やったんや」

「がむしゃらに働くだけが能じゃない。わたしは子どもながらにそう思いました。生活保護を受けることもできただろうし、お給料の高いところで働くこともできたはずです。でも母はどちらの方法も選ばなかった。中学に入ったころに一度訊いたことがあるんですが、義理がどうのこうの、世話になった人だから、とか、そんなことしか言いませんでした。そのしわ寄せがわたしに来ていたんです」

何度も顔を歪《ゆが》めながら、幸が一気に語った。

「子どものときから、そんなしっかりした考え方をしてはったんですか」

「そんな家庭環境でしたから、友だちもほとんどなくて、図書館で借りてきた本ばかり読む毎日でした。母にとっては理屈っぽいだけの子どもだったと思います」

「そんなお母さんやけど、コロッケだけは美味しかったんや」

「違います」

幸が即座に否定した。

「そしたらどこで?」

気圧《けお》されてこいしが問い直した。

「貧乏だったせいもあるのでしょうが、母の料理は、野菜の煮物や味噌汁、細切れ肉の炒めものばかりで、コロッケなんか作ってくれたことは一度もありません。だから……」

言葉に詰まって幸はまたローテーブルに目を落とし、こいしは固唾を呑んで言葉の続きを待っている。

わずか十数秒ほどだろうが、幸の頭には様々なことが浮かんでは消え、とてつもなく長い時間のように思えた。意を決したように口を開いた。

「盗んだんです」

　予想もしなかった言葉に、こいしは言葉を返せずにいる。

「学校からの帰り道にお肉屋さんがあって、その横の空地に建つ屋台のような小さな店でした。おばあちゃんがひとりでやってたコロッケ屋さんです。コロッケだけじゃなくて、トンカツとかメンチカツとかハムカツなんかを売っていて、いつも賑《にぎ》わっていました。うちの近所には他にコロッケ屋さんがなかったので」

「昔はそんな店、あちこちにありましたね。この近所にはまだ残っているんですよ」

　ようやく合いの手を入れることができて、こいしはホッとひと息ついた。

「店の前を通ると、ぷうーんといい匂いがしてきて、吸い寄せられるように。お客さんと店のおばあちゃんは、いつも賑やかに立ち話をしていました。そのすきを狙って、いつも小さなコロッケを二個素早く盗んでポケットに入れてました」

「いつも、ていうことは一回きりやないんですね」

「はい。常習犯でした」

　幸が自嘲するように口角を上げた。

「一回も見つからへんかったんですか」

「おばあちゃんは、いつもおしゃべりに夢中でしたし、わたしは子どものころからチビだったので、お客さんの陰になって見えなかったんだと思います」

「持って帰って食べはったん？」

「走って家に帰って、中から鍵をかけて、カーテンも閉めて急いで食べました。本当に美味しかった」

「ソースとかは？」

「そんな余裕もなく、そのまま口に入れて食べてました」

「味が物足りんかったんと違います？」

「それが不思議なんですよ。おとなになってからコロッケを食べるときは、ソースをつけないと美味しくないのに、あのコロッケはそのままで充分美味しかったんです。とにかく早く食べてしまって、証拠を残さないようにという気持ちもあったのですが」

「子どもながらに、罪の意識はあったんや」

「もちろん盗んじゃいけない、とも思いましたが、空腹には勝てませんでした」

「ひもじかったんやね」

こいしの言葉に幸は小さくうなずいた。

「毎日のように盗み食いしていたのに、よく気付かれなかったと今でも不思議に思います」

「気ぃ付いてはったんと違います？」

「それはないと思います。朝、学校へ行くときに店の前を通ると、店のおばあちゃんが〈いってらっしゃい〉と笑顔で声をかけてくれましたから」

「そういう素質があったんかもしれませんね。おかしな言い方やけど」

　こいしが舌を出した。

「そのとおりなんです。このことで、盗むということに抵抗感をなくしてしまったのだと思います。いつの間にかそれが習慣になって、しかも快感を伴うようにまでなると、完全に病気ですよね。気が付くと、いろんなお店で盗むようになってました。万引きの常習犯です」

「そこまでやったら捕まるでしょう」

「はい。何度も補導され、最後は鑑別所に送られてしまいました」

「お母さんも大変やったやろねぇ」

「面会に来ても、いつも泣いてばかりでした。みんなわたしのせいだ、ごめんなさい、と謝ってばかりいましたね」

　幸は突き放したような口調だった。

「かわいそうに」

　こいしがつぶやいた。

「どっちが、ですか？　まさか母じゃないでしょうね。かわいそうなのはわたしでしょ」

　幸が眉をつり上げた。

「それもそうやけど、お母さんかて好きで貧乏してはったわけやないやろし」

「自分の義理だか何かしりませんが、体面をつくろうために子どもを犠牲にした母親なんですよ。親ってそんなものですか？　あなたもそんな母親に育てられてごらんなさい。どんなに苦しくて、せつなくて、やるせなくて……」

　一気にまくし立てて、幸はぽろぽろと涙を流した。

「何をどう言うてええのやら」

　こいしは思ったままを口にした。

「取り乱してしまってごめんなさい」

　幸はハンカチをバッグにしまって続ける。

「コロッケを捜していただくのに、関係のない話でしたね」

「そのコロッケ屋さんはどこの何ていう店です？」

こいしが開いたノートを手のひらで押さえた。

「子どものころの記憶なので、かなり曖昧なんです。たぶんもう無いと思います」

「そらそやわね。分かってたら買いに行ったら済みますもんね」

「中学までわたしと母が住んでいたのは、川崎大師のすぐ近くです」

「正確な住所は分かりますか」

「川崎市川崎区大師駅前です。番地までは覚えてません」

「番地とかは住民票で分かるやろし、何か目印になるもんを覚えてはりませんか。そのコロッケ屋さんの近くに公園があったとか」

「うちの向かいには病院があって、幼稚園があって、神社がありました。コロッケ屋さんは小学校から家に帰る途中の、〈ごりやく通り〉沿いにあったと思います。お肉屋さんは、松ナントカという屋号だったと思いますが、コロッケ屋さんのほうは名前がなかったように思います」

「お店を捜すのはそない難しなさそうやな。けど、今から二十年ほど前のことでしょ。コロッケ屋のおばあさん、まだ元気なんかなぁ」

こいしはバインダーを横目で見て、幸の年齢をたしかめた。

「はっきりした年齢は分かりませんが、あのころ七十を越えてらしたような気がします」

　幸が天井に目を遊ばせた。

「九十かぁ。もう仕事はしてはらへんやろなぁ」

「おそらくは」

　幸が顔を曇らせた。

「ひとつ訊いてもよろしいか？」

「なんでしょう」

「お母さんとそのあとは……」

「まったく連絡を取っておりません。生きているのか、死んでしまったのかも分かりませんし。川崎にも長いこと足を踏み入れてません」

　幸が表情を変えずに答えた。

　こいしは少し視線をずらして、話の向きを変えた。

「ところで、今になってそのコロッケを捜そうと思わはったんは、なんでです？」

「この春に発表される、或《あ》る文学賞にノミネートされたんです。取らぬ狸《たぬき》のナントカかもしれませんが、もしも受賞したら、きっと過去のことをいろいろ晒《さら》されると思うんです。不良少女だったことなんか、少し調べれば簡単に分かるでしょう。それはいいんです。事実ですし。鑑別所に入ったことで罪は償ったつもりですから。万引きしたお店にも、ちゃんと弁償しました。ただひとつ。おばあちゃんの店のコロッケを盗んだことだけは、償えていないんです」

ゆったりとした口調で幸が語った。

「そうなんや。たしかに賞を取らはったら、過去のことをいろいろ暴かはるもんね。けど、コロッケのことは見つかってはらへんかったんやから、分からへんでしょ」

「だと思いますけど、自分の気持ちがおさまらないんです。もしもおばあちゃんがご存命だったら弁償したいとも思いますし」

「なるほど、よう分かりました。お父ちゃんにしっかり捜してもらいます」

「どうぞよろしくお願い致します」

立ち上がって幸が腰を折った。

ふたりが食堂に戻ると、流はリモコンでテレビを消した。

「あんじょうお聞きしたんか」

「しっかり聞かせてもろた。あとはお父ちゃんにまかせるわ」

「どうぞよろしくお願いします」

流とこいし、交互に顔を向けて幸が頭を下げた。

「せいだい気張らせてもらいます」

流が返した。

「次はいつ伺えば」

「二週間後くらいでどうです?」

こいしが答えた。

「分かりました。心づもりをしておきます。今日のお食事代を」

「探偵料と一緒にちょうだいしますさかい、今日のところは」

流が幸に笑みを向けた。

「それではお言葉に甘えて」

スパンコールを散りばめた、銀色に輝く財布を幸はバッグに戻した。

「お財布はアキミユキさんのなんや」

「うっかりしてました」

ふたりが笑顔を交わす横で、流は首をかしげている。

「鶴になってご連絡をお待ちしております」

一礼して、幸が引き戸を開けた。

「ものは何や？」

見送ってすぐ、流がこいしに訊いた。

「コロッケ」

「手作りか？」

「コロッケ屋さんの」

「店は分かりそうか？」

「簡単に見つかるんと違うかなぁ」

「場所は？」

「川崎」

「川崎か。長いこと行っとらんなぁ」

「行ったことあるん？」

「結婚してしばらく経《た》ったころ、掬子と一緒にお大師さんへお参りに行った」

「その近くみたいよ」

「どや。一緒に行くか。べっぴんさんになれるお守りがあるで」

「ほんま？　絶対行きたい」

こいしが流の腕をつかんだ。

「掬子も肌身離さんと持っとった」

「あの〈美〉て書いたあったお守り?」

「そや。〈しょうづか　べっぴん守〉っちゅうやつや」

流が横目で仏壇を見た。

「お母ちゃんとおんなじお守り……愉しみやなぁ」

こいしが目を細めた。

2

温かい日差しが空から降ってくる。二週間という時間は、確実に季節を移ろわせる。二十四節気を編みだした日本の文化には驚くばかりだ。そして京都という街は、それをつぶさに見せてくれる。京都を舞台にした小説を書くのも悪くない。そう思いながら、幸は「東本願寺」を背にして横断歩道を渡った。

　ペパーミント・グリーンの薄手のコートを脱いで、幸は引き戸を引いた。

「こんにちは」

「いらっしゃい」

　こいしが明るい声で迎えた。

「暖かくなりましたね」

　幸がコートをフックにかけた。

「けど朝晩は冷えるんですよ。湯たんぽがなかったら寝られしません」

「まだ湯たんぽ使ってらっしゃるんですか。懐かしい」

「お父ちゃんがアナログ派やさかいに」

　こいしが厨房を指さした。

「アナログ派で悪かったな」

　流が暖簾の間から顔を覗かせた。

「ようお越しいただきました。これから揚げさせてもらいますさかい、ちょっとだけ待っとぉくれやっしゃ」

「ありがとうございます」

　慣れた様子で、幸がパイプ椅子に腰かけた。

「うちも一緒に行ってきたんですよ、川崎まで」

こいしが茶の用意をする。

「何もない街でしょ」

「おもしろかったですわ。お大師さんとか。おうちの近くの神社も行ってきました。めずらしいお祭りがあるんですてね」

湯呑みに茶を注ぎながら、こいしが意味ありげに笑った。

「子どものころは何がなんだかよく分からなかったんですが、物心がついてくると恥ずかしくて」

幸が頰を薄っすらと染めた。

「川崎て大きい街なんやね。駅ビルの大きいこと。京都はやっぱり田舎なんやて思いましたわ」

「急速に発達したみたいですね。わたしは長いこと離れたままですけど、子どものころは、のんびりしたところでしたよ」

幸がゆっくりと茶をすすった。

やがて厨房から芳ばしい匂いが漂ってきた。油の爆《は》ぜる音も聞こえてくる。幸は鼻をひくつかせ、耳を澄ませた。

「揚げもんの匂いて食欲をそそられますね。さっき味見したとこやのに、また食べとうなってきたわ」

　こいしのお腹が鳴った。

「同じ匂いがする」

　幸が目をとじた。

「つまみ食いという感じですさかいに、ご飯も何もお出ししません。コロッケだけを召し上がっとうくれやす」

　流が二個の揚げ物を白い小皿に載せて運んできた。

「これって……」

　幸が目を丸くした。

「コロッケ屋さんから、お宅まではざっと三百三十メートルあります。子どもが一目散に走って帰ったとして三分から四分かかりますやろ。コロッケも並んでたもんやから揚げ立てやないはずです。揚げてから二分ほど経ってますさかい、あと三分ほど待ってから食べてください。そのころのことを思い出しながら待ってもろたらええかと思います」

　言いおいて流が厨房に戻っていくと、こいしがその後を追った。

ぽつんとひとり残った幸は、目を閉じて時計の針を戻した。

校門を出て、いつもの通りをまっすぐ家に向かう。ひと筋、ふた筋と数えて、六つ目が〈ごりやく通り〉だ。角を曲がってすぐのところに、ふたつの人だかりができている。ひとつは肉屋。もうひとつがコロッケ屋。

そうっと近づくとおばさんたちの大きな話し声が聞こえてくる。屋台のようなコロッケ屋の中ではおばあさんが油煙に顔を歪《ゆが》めながら、長い箸で次々と揚げあがったフライをバットに移している。

買い物に来たおばさんたちは、コロッケが何個だとか、メンチカツを何枚だとか、口々に好き勝手な注文をしている。

揚げたてを待つ客の合間に、揚げおきをトングではさみ、自分でパック詰めする客もいる。コロッケ、ハムカツ、から揚げが山積みだ。頭の上をトングが行ったり来たり。その隙を狙って一番手前に積まれたコロッケをふたつ取って、素早くポケットに放り込む。後は全速力で家に帰るだけだ。

そろそろ三分経っただろうか。あらためてコロッケに目を向けた。こんなコロッケだっただろうか。見た目はコロッケに見えない。だが漂ってくる香りは、まさにあの、ポケットに入っていたコロッケと同じだ。

ほんのりと温かい手ざわりをたしかめてから、手づかみで口に放りこんだ。

ゆっくりと味わう余裕などない。二、三回嚙んだあとは素早く飲みこむ。

この味だ。この味だ。小説にするなら、こんな書き出しにしたい。幸はそう思いながらふたつ目を口に入れた。

こんなに美味しいコロッケが他にあるだろうか。何も思い出があるから、というだけではない。ソースもつけずに食べて美味しいコロッケ。わたしはこんなものを盗んで食べていたのだ。申し訳ない思いで胸がふさがってしまう。

「どないです？　合うてましたか」

傍らに立った流が訊いた。

「これだったんですね。子どものころの記憶はあいまいですから、コロッケだと思い込んでいました」

「わしもびっくりしました。コロッケやというたらコロッケやけど、こんなん初めてですわ」

「もう少しいただいてもいいですか」

「もちろんですがな。ご飯もお持ちしまひょか」

「はい。これをおかずにしてご飯を食べたら、どんなに美味しいだろうと、ずっと思い続けていましたから」

「承知しました。炊き立てをご用意しとります」

流は急ぎ足で厨房に入っていった。

願ってもないことだった。

盗んできたコロッケを、手づかみで食べながら、これを温かいご飯と一緒に食べたい、何度もそう思った。いつも冷めたご飯と冷めた煮物。味噌汁こそ鍋で温めるものの、夕餉《ゆうげ》といえば冷めたご飯。幸にはその思い出しか残っていない。夢にまで見たコロッケと温かいご飯の取り合わせ。

「これと一緒に食うたら、たまりまへんで」

舌なめずりしながら、流が黒い土鍋を運んできて、幸の前で蓋を取った。

もうもうと立ち上がる湯気から顔をそらせながら、流が古伊万里の飯茶碗《めしぢゃわん》にご飯をよそう。その横で幸は、まるで少女のように瞳を輝かせている。

「大盛りにしときましたで」

流が幸の前に置いた。

小ぶりの飯茶碗から真っ白なご飯が盛りあがっている。ひと粒ひと粒がつやつやと輝き、その隙間から湯気が薄っすらと立ちあがった。

幸は飯茶碗を手に取り、鼻先に近づけた。

「いい香り」

「ごゆっくり召し上がってください。ご飯のおかずにするときはソースをつけてもろても美味しおす」

千切りキャベツを枕にして、五つのコロッケが品よく並んだ皿がテーブルに置かれ、横にソースの小瓶が添えられた。

幸は間を置かずコロッケを箸ではさみ、ご飯の上に載せて口に運んだ。なんて美味しいのだろう。

刷りあがってきた自分の本と、はじめて対面するときと同じ気持ちになった。自分で書いた本だから、何も驚きはないはずだ。だがそれを目の当たりにすると、心が浮き立って、胸が踊りだす。と、まったく同じ気持ちになったのはなぜだろう。

ふたつ目を食べて、みっつ目のコロッケに箸を伸ばしたとき、不意にその答えが浮かんだ。

そうか。これが完成した形だからだ。完成したものを手にする喜びなのだ。しあわせの種なのだ。

毎日のように盗み食いをして食べていたコロッケは、ただの素材にすぎなかった。

立ったまま手づかみで、貪《むさぼ》り食べるものではなく、こうして食卓に着いて、白いご飯と一緒に食べてはじめてこのコロッケは、おかずとしての役割を果たすものなのだ。そんな当たり前のことに、今になってようやく気付いた。

自分が盗まなければ、誰かの食卓で、こうしてしあわせの種になったものを。わたしはふたつの罪を重ねてきたのだ。そう思うと幸は、よりいっそう遣《や》りきれない気持ちになった。

そして何より情けないのは、そんな罪悪感を越えて、あまりの美味しさに箸をとめることができない自分だ。

あっという間に五つのコロッケと山盛りのご飯を食べ終え、箸を置こうとして、蓋が閉まったままのお椀があることに気付いた。

蓋を取ると湯気が上る。味噌汁だ。わかめが浮いている。細かく刻んだ豆腐が沈んでいる。

温め直した味噌汁と同じ佇まいに懐かしさが込みあげてくる。少し塩気が尖った味もまったく同じ。母の温もりを感じられる、ただひとつの料理。

「ぺろっと召し上がらはりましたな」

空になった皿と飯茶碗を見て、流が目を細めた。

「とてもとても美味しかったです」

椀に蓋をして、幸が頬をゆるめた。

「座らせてもろてもよろしいかいな」

テーブルをはさんで、流が向かい合った。

「もちろんです。お捜しいただいたこと、お聞かせください」

こいしが器をさげ、幸は椅子を前に引いた。

「とりあえず川崎まで行かんと始まらんので行ってきました」

「ご足労をおかけしました」

中腰になって、幸が頭を下げた。

「お大師さんには、ちょっとした思い出がありましてな。娘も連れてお参りできたんで、気いつこうてもらわんでもええんです。お宅が近くにあったいうのも、何かのご縁やと思うてます」

「そう言っていただけるとありがたいです」

「ご存知やと思いますけど、お宅はもうありませんでした。跡地には三階建てのマンションが建ってました」

「そうでしたか。知りませんでした」

幸がさらりと応じた。

「予想しとったんですけど、屋台のコロッケ屋さんも無うなってました。今は『松木《まつき》屋《や》』というお肉屋はんがコロッケを売ってはります」

「そうでしたか」

気落ちしたように幸が目を伏せた。

「屋台でコロッケを売ってはったんは森田玉代《もりたたまよ》さんという方やったそうです。肉屋の大将の松木さんに当時のことを聞かせてもらいました」

「森田玉代さん。今もお元気なのでしょうか」

おそるおそるといったふうに、幸が上目遣いをした。

流がゆっくりと首を横に振ると、幸は両方の肩を落とした。

「お名前を取って、その頃は〈モリタマコロッケ〉と呼ばれて、えらい人気やったそうで、都内から買いにくる人も、ようけやはったらしいです」

流がセピア色に変色した、当時の写真を幸の前に置いた。

肉屋の横の空地に小さな屋台があり、主婦らしき数人がそれを取り囲んでいる。

「そうそう、こんなお店でした」

顔を近づけて、幸は目を輝かせた。

「残っとるのはこの写真一枚だけやそうです」

「貴重なものを」

　幸が手に取って四隅のしわを指で広げた。

「森田さんは、お肉屋はんの松木さんの叔母さんにあたるそうで、肉やミンチやらを卸してもろて、コロッケ、ミンチカツなんかを作って売ってはりましたんや。コロッケは二種類あったみたいです。ひとつは小判形の普通のコロッケ。もうひとつがお捜しになってた俵形のコロッケです」

「二種類あったんですか」

「覚えてはるかどうか分かりませんが、コロッケはひな壇ふうに並べてありましたやろ。小判形は上のほうに並べてあって、俵形のほうが一番下。つまり子どもでも手の届くとこ。松木さんの記憶ではそんな形で並んでたみたいです」

「他のものは一切目に入りませんでした。手前の黒っぽいコロッケにピントが合ってたみたいで」

　幸が小さく微笑んだ。

「さっき食べてもろたとおり、捜してはったコロッケは、言うてみたら唐揚げですんや。じゃがいも、玉ねぎ、牛ミンチ。材料は普通のコロッケです。けどパン粉が付いてしまへん。これは偶然の産物やったみたいです」

「偶然?」

「思いがけんコロッケがようけ売れてしもうたことがあったそうで。タネは残ってるけど、パン粉を切らしてしもうた。しょうがなしに、片栗粉をつけただけで揚げたら、これが思わん好評やったらしいて、定番になったんやそうです」

「けがの功名ですね」

感慨深げに幸が言った。

「パン粉が付いてへんこと以外はほとんど小判形と同じやそうです。ただ、ソースを付けんでもええように、タネは濃い目に味付けする。ミンチをソースにひと晩漬け込んで。これに〈タマコロ〉いう名前を付けたら、えらい人気商品になって、毎日飛ぶように売れてたらしいです」

「ということは売れなくなって店仕舞いされたんじゃなくて、お身体《からだ》を悪くされたか何かで?」

「お店が終わって後片付けをしてはるときに、心臓発作を起こさはったのをきっかけに、店仕舞いされたらしいです。長い闘病の末に亡うなったのは、つい先月のことやそうで」

「もう少し早くわたしが決心していれば……。どなたかご家族の方は？」

「息子さんがおられるようですけど、連絡は取れんようです」

「せめて代金だけでもお返ししたかったのですが……」

幸が唇を噛んだ。

「当時、小判形のコロッケがひとつ三十円。〈タマコロ〉はパン粉が付いてないいさかいにいうて二十五円やったそうです」

言い終えて、流が古びた大学ノートを開いて見せた。

鉛筆で罫線《けいせん》が引かれていて、日付と数字、金額が並んだ一覧表だ。

「なんですか、これは？」

しばらく首をひねっていた幸が流に訊いた。

「あなたのお腹におさまった〈タマコロ〉の掛売り表ですわ」

「掛売り？　よく意味が分からないのですが」

幸が丁寧にノートを繰った。

「母親っちゅうもんは、子どものことはぜんぶお見通しですんや。あなたがはじめてコロッケを盗んできはったとき、すぐに気付かはったんやそうです。そらそうですわな。ポケットにコロッケ入れたら、油が染みつきよる。匂いもつきますしな。あなたが自分でコロッケを作れるはずはないし、誰かからもろたもんなら、ポケットに突っ込んだりはせん。お宅の近所でコロッケというたら〈モリタマコロッケ〉しかない。もしやと思うて、お母さんは森田さんをお訪ねになった。ひょっとしてうちの子がコロッケを盗んだりしてませんか、と」

「……」

幸はノートに目を落としたまま、言葉をなくしている。

「気付いてへんのは子どもだけですんや。森田さんもあなたが盗んだことに気付いてはったんですわ」

「……」

幸は押し黙ったままだ。

「悪気はない。ただただお腹が減ってただけのこと。とがめようという気持ちは毛頭ない。森田さんはあなたのお母さんにそう言わはりました。いや、想像やないんです。松木さんがその場に立ち会うてはったらしいて、よう覚えてはりました。このノートも、松木さんが森田さんの遺品を整理しているときに出てきたそうです」

「みんな分かっていたんですね。なんておろかな子どもだったんだろう」

幸が手の甲に爪を立てた。

「子どもてなもんは、そんなもんです。あなたに限ったことやない。誰でもそうです。まんまとおとなを騙《だま》したつもりになっとっても、すべて見透かされてます」

「そりゃそうですよね」

　幸が哀しい目をした。

「お母さんは、その日のうちにお支払いに行かれたんやそうです。ほとんど毎日二個ずつですさかい、一日五十円ですわな。週に一回は必ず森田さんを訪ねて、まとめ払いをなさった。それがこの表です」

「母がそんなことを……」

「子どもが盗っ人《と》にならんように。母親は皆、そう思うもんです。その一方で、自分に負い目があったことで、あなたを甘やかし過ぎたことも後悔なさってた。実際、あなたはその後も万引きを繰り返した。正直、最良の選択ではなかったかもしらん。それでも、お母さんは相当悩まはったあげく、こんな形になさったんでしょうなぁ。ま、あくまでわしの想像ですけどな」

　流が幸に笑顔を向けた。

「この〈預かり済〉というのは？」

「森田さんという方も、相当がんこなおばあさんみたいで、自分の思い違いかもしれん。とりあえず盗んだ本人が支払いにくるまで預かっとく。そう言うて、こうして一覧表になさったたんやそうです」

「……」

幸は小指で目尻をぬぐった。

「森田さんは、あなたがおとなになってお金を返しに来るのを、心待ちにしてはったようですな」

「もう少し早ければ……。遅すぎましたね」

「過ちを認めるのに、遅いも早いもありまへん。懺悔《ざんげ》なさってるあなたのお気持ちは、充分通じると思います」

流が幸の目をまっすぐに見つめた。

「そうであればいいのですが」

幸がか細い声で言った。

「東京にお住まいなんやそうですな」

「ええ。東京といっても北の外れの赤羽ですが。それが何か？」

「それやったら、このノートを松木さんとこへ返しに行ってもらえまへんやろか」

流がノートを幸に差し出した。

「松木さん、返さんでもええて……」

「赤羽やったらちょうどよろしいがな。上野東京ラインに乗らはったら、川崎まで乗り換えなしや。便利になりましたなぁ」

こいしの言葉をさえぎって、流がノートを手渡した。

「分かりました。必ずお返しにあがります」

幸がノートを胸に抱いた。

「そや。お大師さんにお参りに行かはったらええんや。このお守り、効くんですえ。これを授かってから、ええことが続いてるんです。きっと賞取りにも効くと思いますえ」

流の意を汲《く》んだこいしが、ピンクのお守りを見せて後押しした。

「アホなこと言いな。賞は実力で取らはるがな」

流がしかめっ面をしてみせた。

「ありがとうございます。この前のお食事代を合わせてお支払いを」

幸が銀色の財布を出した。

「金額はお客さんに決めてもろてるんです。お気持ちに合うた金額をこちらに振り込んでもらえますやろか」

こいしがメモ用紙を手渡した。

「承知しました。帰りましたらすぐに」

財布をバッグに戻し、コートを羽織った幸は引き戸を開けた。

「ニャーオ」

トラ猫が幸の足元に駆け寄ってきた。

屈《かが》みこんで幸が頭を撫《な》でた。

「かわいい猫ちゃんだこと。飼い猫ですか?」

「ひるねていう名前を付けてますし、飼い猫いうたら飼い猫なんですけどね」

幸の隣に屈んだこいしが流を恨めしそうに見上げた。

「食いもん商売の店に猫てなもんを入れられるかいな」

流が口をへの字に曲げた。

「かわいそうにね」

ひるねの顎を何度も撫でてから、幸が立ち上がった。

「猫はお好きなんですか?」

ひるねを抱き上げてこいしが訊いた。

「こんなトラ猫が好きなんです」

幸がひるねに頬ずりした。

「お宅の跡に建ってるマンションにも、これによう似たトラ猫がいましたで」

流が言葉をはさんだ。

「そうなんですか。行ってみようかしら」

「これがその猫ですわ。抱いてはるのは、マンションの掃除を任されてはるオバチャンです。昔からこの辺りに住んでる、て言うたはりました」

流が一葉の写真を手渡した。

「ほんとだ。ひるねちゃんにそっくり……」

大きく目を見開いた幸は、穴が空きそうなほど写真をじっと見つめている。

「よかったら差し上げます」

流がやさしい眼差《まなざ》しを向けた。

「ありがとうございます」

写真を受け取って幸はハンカチを目にあてた。

幸が正面通を西に向かって歩き始めると、こいしが背中に声をかけた。

「お気をつけて」

振り向いた幸は、立ち止まって深々と頭を下げた。

「こいし」

店に戻るなり、流が真顔になった。

「なに？　そんなこわい顔して」

「お守り授かってからええことが続いてる、て何のこっちゃねん。そういうことがあるんやったら、ちゃんとお父ちゃんに報告せな」

腕組みをして流がこいしをにらみつけた。

「幸さんの心が動くかなぁと思うて、言うてみただけやんか。心配せんでも、何もあらへん」

こいしが苦笑いした。

「そうやったんかいな。そういうときは、ちゃんとわしか掬子に報告せんとあかんで。なぁ掬子。そういうこっちゃらしいさかい、まだまだわしの苦労は続くみたいや」

仏壇の前に座って、流が線香をあげた。

「お母ちゃん、安心しとってな。お父ちゃんの面倒は最後までみるさかいに」

お守りを仏壇に供えて、こいしが手を合わせた。

※この作品はフィクションであり、登場する人物・団体・事件等は、すべて架空のものです。

凍原
北海道警釧路方面本部刑事第一課・松崎比呂

桜木紫乃

少女は、刑事にならねばならなかった――。釧路湿原で発見された青い目の他殺死体。捜査行の果てに、樺太から流れ激動の時代を生き抜いた顔のない女の一生が浮かび上がる。直木賞作家・桜木紫乃唯一の警察小説シリーズ第一弾！

起終点駅　ターミナル

桜木紫乃

果ての街・北海道釧路。ひっそりと暮らす弁護士・鷲田完治。ひとり、法廷に立つ被告・椎名敦子。それは運命の出会いだった——。北海道各地を舞台に、現代人の孤独とその先にある光を描いた短編集。桜木紫乃原作、初の映画化！

―――本書のプロフィール―――

本書は、小学館文庫のために書き下ろされた作品です。

小学館文庫

鴨川食堂《かもがわしょくどう》いつもの

著者　柏井《かしわい》　壽《ひさし》

二〇一六年一月九日　初版第一刷発行
二〇二〇年九月二十八日　第八刷発行

発行人　飯田昌宏
発行所　株式会社　小学館
〒一〇一―八〇〇一
東京都千代田区一ッ橋二―三―一
電話　編集〇三―三二三〇―五九五九
販売〇三―五二八一―三五五五
印刷所――――図書印刷株式会社

ISBN978-4-09-406246-5